U0003001

林深見鹿

···········最美的唐詩・英譯新詮···········

In the
thick woods
a deer
is seen at times

許淵沖 ─────英譯　陸蘇 ─────賞析

第三章
情深見故

第四章
暮鼓晨鐘

第五章 有風如北

第六章　千山暮雪

1

第一章
日麗江山

THE SUN IS SHINING
ON THE BEAUTIFUL MOUNTAINS
AND RIVERS

錢塘湖春行　〔唐〕白居易

孤山寺北賈亭西，水面初平雲腳低。
幾處早鶯爭暖樹，誰家新燕啄春泥。
亂花漸欲迷人眼，淺草才能沒馬蹄。
最愛湖東行不足，綠楊陰裡白沙堤。

ON QIANTANG LAKE IN SPRING
Bai Juyi

West of Jia Pavilion and north of Lonely Hill,
Water brims level with the bank and clouds hang low.
Disputing for sunny trees, early orioles trill;
Pecking vernal mud in, young swallows come and go.
A riot of blooms begins to dazzle the eye;
Amid short grass the horse hoofs can barely be seen.
I love best the east of the lake under the sky;
The bank paved with white sand is shaded by willows green.

林深見鹿──最美的唐詩英譯新詮

春天，從孤山寺的北面到賈亭的西面，春水初漲，與堤岸齊平，水天相映，如一面天空鋪在了湖面上，雪白的雲朵觸手可及。

早來的黃鸝爭著飛到向陽的樹上，鳴聲那麼婉轉動聽。誰家新來的燕子側身飛過屋簷，掠過花樹，忙著在堂前樑上築窩銜泥。

絡繹不絕的花開讓人目不暇接，嫩嫩的春草剛淺淺地沒過了馬蹄。

最喜歡在湖東流連徜徉，穿過春日遲遲，穿過綠柳成蔭的白沙堤。

此詩就像一篇短小精悍的遊記，描繪了西湖早春的明媚風光，以及世間萬物在春色沐浴下的勃勃生機，以近乎白描的手法將詩人陶醉於良辰美景的喜悅心情和盤托出。

白居易（772-846年），字樂天，號香山居士，又號醉吟先生，祖籍山西太原，生於河南新鄭。唐代偉大的現實主義詩人，唐代三大詩人之一，有「詩王」、「詩魔」的美譽。官至翰林學士、左贊善大夫。他與元稹共同倡導新樂府運動，世稱「元白」，與劉禹錫並稱「劉白」。代表詩作有〈長恨歌〉、〈賣炭翁〉、〈琵琶行〉等。著有《白氏長慶集》，共有七十一卷。

春題湖上　〔唐〕白居易

湖上春來似畫圖，亂峰圍繞水平鋪。

松排山面千重翠，月點波心一顆珠。

碧毯線頭抽早稻，青羅裙帶展新蒲。

未能拋得杭州去，一半勾留是此湖。

THE LAKE IN SPRING
Bai Juyi

What a charming picture when spring comes to the lake!
Amid the rugged peaks water's smooth without a break.
Hills upon hills are green with thousands of pine trees,
The moon looks like a pearl swimming in waves with ease.
Like a green carpet early paddy fields undulate,
New rushes spread out as silk girdle fascinate.
From fair Hangzhou I cannot tear myself away,
On half my heart this lake holds an alluring sway.

湖上，春天的到來如同一幅緩緩落筆渲染的水墨丹青，水面如宣平鋪，群峰圍湖簇擁。

松樹在山上層層疊疊地安排千重翠色，月亮在湖心輕輕點綴了一顆明珠。

碧綠絨毯似的原野上，線頭一樣冒出來剛抽長的早稻。青綠羅裙似的湖水裡，飄帶似的舒展著新長的香蒲。

我之所以沒能離開杭州去別的地方，一半原因就是捨不得這個湖。

以幽麗華美的筆觸，深情款款地勾畫出西湖的旖旎風光。此詩是詩人歌詠西湖的最著名的三首七言律詩中的一首，寫於離任杭州刺史那年的春天。

杭州春望　〔唐〕白居易

望海樓明照曙霞，護江堤白踏晴沙。

濤聲夜入伍員廟，柳色春藏蘇小家。

紅袖織綾誇柿蒂，青旗沽酒趁梨花。

誰開湖寺西南路，草綠裙腰一道斜。

①沽（ㄍㄨ）：買。

Spring View in Hangzhou
Bai Juyi

Viewed from the Seaside Tower morning clouds look bright;
Along the riverbank I tread on fine sand white.
The General's Temple hears roaring nocturnal tide;
Spring dwells in the Beauty's Bower green willow hide.

The red sleeves weave brocade broidered with flowers fine;
Blue streamers show amid pear blossoms a shop of wine.
Who opens a southwest lane to the temple scene?
It slants like a silk girdle around a skirt green.

清晨，登望海樓，沐霞光瑰麗，看江水奔流，護江堤上白沙與浪花閃爍如銀。

　　驚心的濤聲總在午夜夢回伍公廟，明媚的楊柳春色最愛藏身蘇小小家。

　　巧手的織綾女子將綺麗春光織成了精美紋飾，風雅的酒客在梨花樹下淺斟慢飲梨花春酒。

　　是誰修築了通向湖寺的西南路，如草綠色的裙腰帶在湖面輕輕一斜……

　　　　白居易自唐穆宗長慶二年（822年）秋至長慶四年（824年）春任杭州刺史，此詩應作於此任期內。詩中對杭州春日景色作了全面的描寫，就像用五彩畫筆，描摹出工麗雅致的畫面，流溢著濃郁活潑的生活情趣。

憶江南　〔唐〕白居易

江南好，風景舊曾諳。
日出江花紅勝火，春來江水綠如藍。
能不憶江南？

①諳（ㄢ）：熟悉。

FAIR SOUTH RECALLED
Bai Juyi

Fair Southern shore
With scenes I much adore,
At sunrise riverside flowers more red than fire,
In spring green river waves grow as blue as sapphire.
Which I can't but admire.

江南多麼美好啊，那些熟悉的舊日美景始終在眼前在心底浮現。

當太陽從江面昇起，那些夾岸而生的花朵在金色陽光照耀下比火焰還紅。春天到來時，那江水綠得如藍草一般醉人心魄。

叫人怎麼忍得住不懷念江南？

此詩為白居易六十七歲時所作，為追憶青年時期漫遊江南、旅居蘇杭所感受到的江南盛景。幾十個字就讓江南美景躍然眼前，令人欲罷不能。

青溪　〔唐〕王維

言入黃花川，每逐青溪水。
隨山將萬轉，趣途無百里。
聲喧亂石中，色靜深松裡。
漾漾泛菱荇，澄澄映葭葦。
我心素已閒，清川澹如此。
請留磐石上，垂釣將已矣。

THE BLUE STREAM
Wang Wei

I follow the Blue Rill, to the Stream of Yellow Blooms.
It winds from hill to hill, till far away it looms.
It roars amid pebbles white, and calms down under pines green.
Weeds float on ripples light, reeds mirrored like a screen.
Mind's carefree, alone; the clear stream flows with ease.
I would sit on a stone, to fish whatever I please.

每次進了黃花川，都會被青溪水牽著前行。

青溪在山間百轉千迴地繾綣，似乎綿延不絕，但其實這一程還不到百里。

當潺潺的溪流在跌宕的亂石間穿行，水聲驟急，喧譁一片。當澄碧的溪流經過蔥鬱的松林，水色樹色相映，深綠淺綠氤氳。

看那舒緩的水波蕩漾著青綠的水草，看那澄澈的水面倒映著青蔥的蘆葦。

我的心啊，一向寧靜淡泊，就像這清溪一樣恬靜安然。

請讓我留在這溪邊的大石上，我要在這裡垂釣隱居悠悠閒閒過一生。

　　　詩人歸隱時所寫。寫景抒情清新素雅，卻意味雋永醇厚。以頌揚青溪印證自己仕途失意後的淡泊心志。

王維（701-761年，一說699-761年），字摩詰，河東蒲州（今山西運城）人，祖籍山西祁縣。開元十九年（731年），狀元及第，官至尚書右丞。盛唐詩人的代表，有「詩佛」之稱，與孟浩然合稱「王孟」。今存詩四百餘首，主要作品為山水詩，透過田園山水的描繪，宣揚隱士生活和佛教禪理，還精通書、畫和音樂。

辛夷塢　〔唐〕王維

木末芙蓉花，山中發紅萼。
澗戶寂無人，紛紛開且落。

①塢（ㄨˋ）：泛指四周高而中央低的地方。②萼（ㄜˋ）：花最外圍的無性花器，常呈綠色，有時與花瓣顏色相同或相近，具有保護花芽的作用。

THE MAGNOLIA DALE
Wang Wei

The magnolia-tipped trees,
In mountains burst in flowers.
The mute brook-side house sees,
Them blow and fall in showers.

山塢裡，一棵叫辛夷的樹，每一枝條都高舉著胭脂紅的宛如芙蓉的花朵。

山深林寂，看不到一個人，也聽不到車馬喧譁。辛夷花呀，紛紛揚揚地盛開，又紛紛揚揚地凋落，自在歡喜地完成一場和春天的美麗邂逅和道別。

在描繪了辛夷花盛開凋落的過程的同時，還隱含了一種境況的落寞。當時作者對現實十分不滿而又無能為力，遂在長安附近的終南山下輞川建立別墅，過著亦仕亦隱的生活。

竹里館　〔唐〕王維

獨坐幽篁裡，彈琴復長嘯。
深林人不知，明月來相照。

①篁（ㄏㄨㄤˊ）：竹林。

THE BAMBOO HUT
Wang Wei

Sitting among bamboos alone,
I play on lute and croon carefree.
In the deep woods where I'm unknown,
Only the bright moon peeps at me.

一人，一琴，在幽靜的竹林深處相對而坐。宮商角徵羽，指間弦上，都是畫裡留白的好時光。琴聲起哨聲和，多麼自在逍遙。

沒有人知道這個好地方，也沒人知道我在這裡，唯有晚風輕拂過竹梢漏下如雪月光。

全詩有景有情、有聲有色、有靜有動、有實有虛，對立統一，相映成趣。傳達出詩人的閒適生活情趣，和清靜安詳的精神境界。

蘭溪棹歌 〔唐〕戴叔倫

涼月如眉掛柳灣，越中山色鏡中看。
蘭溪三日桃花雨，半夜鯉魚來上灘。

①棹（ㄓㄠˋ）：船槳，借以指船。

A Fisherman's Song on the Orchid Stream
Dai Shulun

The eyebrow-like cool moon hangs over Willow Bay,
The southern mountains seem in the mirror to sway.
Three days rain's fallen with peach petals on the stream;
At midnight on the beach leap the fish, carp and bream.

蘭溪夜行。

一彎蛾眉月，掛在楊柳梢。月下的水面鏡子般泛著銀亮的光，兩岸的山色迤邐倒映，如折子戲般夢幻縹緲。

春雨三日，溪流豐盈，成群結隊的鯉魚啊在夜深人靜時溯流而上，撒著歡地紛紛湧上了溪灘，是為了躍龍門嗎？

此詩大約是作者於唐德宗建中元年（780年）五月至次年春曾任東陽（今屬浙江）令期間所創作的，描寫了春夜蘭溪江（又稱蘭江，是富春江的上游支流）邊的山水美景和漁民的歡樂心情。

戴叔倫（732-789年），唐代詩人。字幼公，一作次公，又作名融，字叔倫，潤州金壇（今江蘇常州市金壇區）人。貞元（唐德宗年號，785-805年）年間進士，官至容管經略使。在任期間政績卓著。他當時的詩名很大。他的詩，題材內容豐富，體裁形式多樣，多寫隱逸生活。今存詩近三百首，《全唐詩》錄其詩二卷。

訪戴天山道士不遇　〔唐〕李白

犬吠水聲中，桃花帶露濃。
樹深時見鹿，溪午不聞鐘。
野竹分青靄，飛泉掛碧峰。
無人知所去，愁倚兩三松。

①靄（ㄞˇ）：煙霧、雲氣。

CALLING ON A TAOIST RECLUSE IN DAITIAN MOUNTAIN WITHOUT MEETING HIM
Li Bai

Dogs' barks are muffled by the rippling brook,
Peach blossoms tinged with dew much redder look.
In the thick woods a deer is seen at times,
Along the stream I hear no noonday chimes.
In the blue haze which wild bamboos divide,
Tumbling cascades hang on green mountainside.
Where is the Taoist gone? None can tell me,
Saddened, I lean on this or that pine tree.

循著水袖似的小徑，徐徐入山。

溪水淙淙，夾雜著三兩聲犬吠，在山間繚繞回響。桃花灼灼，帶著露珠，在山道旁、在道觀前格外芬芳動人。

樹林幽深豐茂，不時有麋鹿歡快地出沒，在天光和樹影的幻境裡忽隱忽現。就這樣在溪邊流連沉醉，只可惜，正午了，還聽不到道觀的鐘聲。

極目遠眺，青色的霧靄中滿山的野竹被山風吹得微微起伏，一道飛瀑高掛在青碧的山峰。

沒有人知道觀主去了哪裡，我只能惆悵地倚靠著道觀外的幾棵松樹，等了，又等……

　　此詩是李白二十歲以前在戴天山大明寺中讀書時所作，栩栩如生地再現了道士世外桃源的優美生活境界。

　　李白（701-762年），字太白，號青蓮居士，唐代大詩人。祖籍隴西成紀（今甘肅天水市秦安縣）。是屈原之後最具個性特色、最偉大的浪漫主義詩人，被譽為盛唐詩歌藝術的巔峰。有「詩仙」之美名，與杜甫並稱「李杜」。詩風雄奇豪放，俊逸清新，語言流轉自然，音律和諧多變，富有浪漫主義精神。存世詩文千餘篇，有《李太白集》三十卷。

自遣　〔唐〕李白

對酒不覺暝，落花盈我衣。
醉起步溪月，鳥還人亦稀。

①暝（ㄇㄧㄥˊ）：幽暗、昏暗。

SOLITUDE
Li Bai

I'm drunk with wine
And with moonshine,
With flowers fallen o'er the ground
And o'er me the blue-gowned.

Sobered, I stroll along the stream
Whose ripples gleam,
I see no bird
And hear no word.

 林深見鹿——最美的唐詩英譯新詮

有花的日子都是吉時良辰。

花下，和朋友，或和馨香的風，一起推杯換盞，不知不覺已是暮色四合，落花滿身。

微醺著，月光下，沿著小溪慢慢走著。小鳥回家了，樹枝空了；行人越來越少了，夜越來越寬了……

此詩為作者遭貶時的作品，但詩裡沒有頹廢，而是在月亮、花、鳥的自然之美裡獲得了安寧與解脫，但詩裡也隱藏著一種莫名的豁達的悲哀。

早發白帝城 〔唐〕李白

朝辭白帝彩雲間，千里江陵一日還。

兩岸猿聲啼不住，輕舟已過萬重山。

①白帝：指白帝城，位於今四川省奉節縣東。

LEAVING THE WHITE EMPEROR TOWN AT DAWN
Li Bai

Leaving at dawn the White Emperor crowned with cloud;

I've sailed a thousand miles through canyons in a day.

With monkeys' sad adieus the riverbanks are loud;

My skiff has left ten thousand mountains far away.

早上離開彩雲繚繞的白帝城，晚上就抵達千里之外的江陵了。

　　耳聽得兩岸的猿聲此起彼伏，不絕於耳。不知不覺間，輕快的小舟已一陣風似的掠過了萬重青山。

　　此詩是李白在流放途中遇赦返回時所作的一首七言絕句，把遇赦後愉快的心情和江山的壯麗多姿、順水行舟的流暢輕快融為了一體，隨心所欲，渾然天成。

春山夜月　〔唐〕于良史

春山多勝事，賞玩夜忘歸。
掬水月在手，弄花香滿衣。
興來無遠近，欲去惜芳菲。
南望鳴鐘處，樓臺深翠微。

THE VERNAL HILL IN MOONLIT NIGHT
Yu Liangshi

How much delight in vernal hill?
Don't go back but enjoy your fill!
Drinking water, you drink moonbeams:
Plucking flowers, you pluck sweet dreams.
Happy, you would forget the hours;
About to go, you can't leave flowers.
Looking south where you hear the bell,
You'll find green bowers in green dell.

春天的山中有多少美好發生啊，一不小心就玩瘋了，不知累不覺天黑也忘了回家。

去小溪掬水時也掬起了水裡的月亮，在山坡上採花時醺然的花香不一會兒就染透了重重衣裳。

憐花惜草的人啊，興致濃時哪裡顧得上路近路遠，說了走了又捨不得地一次次回頭。

風，一程程接來了黃昏的鐘聲。看那南山上住著鐘聲的樓臺，多像鑲嵌在一塊深綠的翡翠中。

一幅清幽淡遠的春山夜月圖，一種悠然自得、縱情山水的暢快心情。全詩既精雕細琢，又出語天成，別具藝術特色。

于良史，唐代詩人。約唐玄宗天寶十五年（756年）前後在世，官至侍御史，《全唐詩》存其詩七首。

春雪 〔唐〕韓愈

新年都未有芳華，二月初驚見草芽。
白雪卻嫌春色晚，故穿庭樹作飛花。

Spring Snow
Han Yu

On vernal day no flowers were in bloom, alas!
In second moon I'm glad to see the budding grass.
But white snow dislikes the late coming vernal breeze,
It plays the parting flowers flying through the trees.

都說正月裡是新春了，可還是沒有看見一樹一樹的花開。到了二月，終於驚喜地看見小草長出了嫩芽，在石板縫隙裡，在竹籬笆邊，在舊瓦下，在任何可以自由生長的泥地上，微微綠著。

雪花卻還是嫌這人間春色來得太慢太晚了，特意穿庭過樹地翩翩飛舞，讓人在恍惚間以為已經是花謝花飛飛滿天的盛大春天了。

此詩作於元和十年（815年），當時韓愈在朝任史館修撰，滿心期盼春天，在北方的自然界還沒有春色時以文字幻化出一片春色，富有濃烈的浪漫主義色彩。

韓愈（768-824年）字退之，唐代文學家、哲學家、思想家，河陽（今河南省焦作孟州市）人。祖籍河北昌黎，世稱韓昌黎。晚年任吏部侍郎，又稱韓吏部。諡號「文」，又稱韓文公。他與柳宗元同為唐代古文運動的倡導者，明人推他為唐宋八大家之首，與柳宗元並稱「韓柳」，有「文章巨公」和「百代文宗」之名。是中國「道統」觀念的確立者，是尊儒反佛的里程碑式人物，作品見《昌黎先生集》。

晚春　〔唐〕韓愈

草樹知春不久歸，百般紅紫鬥芳菲。
楊花榆莢無才思，惟解漫天作雪飛。

①榆莢（ㄩˊ ㄐㄧㄚˊ）：榆樹在春季結成的果實。

LATE SPRING
Han Yu

The trees and grass know that soon spring will go away;
Of red blooms and green leaves they make gorgeous display.
But willow catkins and elm pods are so unwise,
They wish to be flying snow darkening the skies.

已是晚春，花草樹木知道春天很快就要回去了，翻箱倒櫃地把所有的美麗盡數都使出來了，一起爭芳鬥豔，一起萬紫千紅，一起花團錦簇。

　　可憐楊花和榆錢沒有什麼驚豔的私藏，也沒有什麼才情，實在想不出什麼別致的表達喜悅和不捨的方式，憨拙得只知道像雪花一樣漫天飛舞。

　　　　描述了暮春景色。表達了詩人惜春的心情，同時也蘊含應珍惜時光之意。

江南春　〔唐〕杜牧

千里鶯啼綠映紅，水村山郭酒旗風。
南朝四百八十寺，多少樓臺煙雨中。

Spring on the Southern Rivershore
Du Mu

Orioles sing for miles amid red blooms and green trees;
By hills and rills wine shop streamers wave in the breeze.
Four hundred eighty splendid temples still remain
Of Southern Dynasties in the mist and rain.

千里江南，無處不鶯歌燕舞，紅花綠葉春色掩映，水鄉山城酒旗繽紛，一縷春風可以釀酒。

拂去香煙繚繞，南朝留下的那麼多古寺，如今都在朦朧煙雨中寂美佇立，靜默如謎。

唐代詩人杜牧名篇，千百年來素負盛譽。全詩描繪了一幅生動形象、豐富多彩而又有氣魄的江南春畫卷，呈現出深邃幽美的意境。

杜牧（803-約852年），字牧之，號樊川居士，京兆萬年（今陝西西安）人。唐代傑出的詩人、散文家。唐文宗大和二年二十六歲中進士，授弘文館校書郎。官終中書舍人。以七言絕句著稱，境界特別寬廣，寓有深沉的歷史感。與李商隱並稱「小李杜」。有《樊川文集》二十卷傳世，《全唐詩》收其詩八卷。

春夜喜雨 〔唐〕杜甫

好雨知時節，當春乃發生。
隨風潛入夜，潤物細無聲。
野徑雲俱黑，江船火獨明。
曉看紅濕處，花重錦官城。

HAPPY RAIN ON A SPRING NIGHT
Du Fu

Good rain knows its time right, it will fall when comes spring.
With wind it steals in night; mute, it wets everything.
Over wild lanes dark cloud spreads; in boat a lantern looms.
Dawn sees saturated reds; the town's heavy with blooms.

一場好雨會自擇吉時良辰，會在春天最好的那一刻抵達，不早也不晚。

雨絲乘著溫柔的和風悄悄潛入夜的每一個角落，細細地潤澤人間萬物。

看那烏雲藏起了山間的小徑，看那漁火畫亮了江上的船影。

等到天亮，會看見到處都是剛剛開好的戴著露水的花兒，會看見錦城真的繁花似錦。

這首詩寫於唐肅宗上元二年（761年）春。那時杜甫已在成都草堂定居兩年，親自耕作，種菜養花。詩中，詩境與畫境渾然一體，一夜春雨，滿紙喜悅。

杜甫（712-770年），字子美。曾任檢校工部員外郎，故世稱杜工部。是唐代最偉大的現實主義詩人，宋以後被尊為「詩聖」，與李白並稱「李杜」。其詩大膽揭露當時的社會矛盾。許多優秀作品顯示了唐代由盛轉衰的歷史過程，被稱為「詩史」。存詩一千四百多首，有《杜工部集》。

絕句　〔唐〕杜甫

兩個黃鸝鳴翠柳，一行白鷺上青天。
窗含西嶺千秋雪，門泊東吳萬里船。

①黃鸝（ㄏㄨㄤˊ ㄌㄧˊ）：黃鶯的別名。

A QUATRAIN
Du Fu

Two golden orioles sing amid the willows green;
A flock of white egrets fly into the blue sky.
My window frames the snow-crowned western mountain
scene;
My door off says to eastward going ships "Goodbye!"

兩隻黃鶯在翠綠的柳樹上相約，用我們聽不懂的世上最美妙的語言互訴衷腸。一行雪白的鷺鳥宛如被風的畫筆輕輕地畫在了無邊的天青色上。

那窗外宛如鑲嵌在畫框裡的西嶺雪景，千秋不化的白雪皚皚，彷彿時光從此定格。那從東吳遠道而來的船，靜靜泊在門外，似乎從未經歷過萬里迢迢的風塵坎坷。

早春景象，四句四景，融為一幅明媚動人、生機勃勃的山水畫卷。唐代宗廣德二年（764年）春，杜甫重歸成都草堂時欣然而作。

城東早春　〔唐〕楊巨源

詩家清景在新春，綠柳才黃半未勻。
若待上林花似錦，出門俱是看花人。

EARLY SPRING EAST OF THE CAPITAL
Yang Juyuan

The early spring presents to poets a fresh scene:
The willow twigs half yellow and half tender green.
When the Royal Garden's covered with blooming flowers,
Then it would be the visitors' busiest hours.

剛剛抵達的春天，景色清新如洗，是詩人的最愛。柳樹上嫩葉初萌，還沒來得及將鵝黃淺綠抹勻。

等到了上林苑繁花似錦時，滿城都將是熙熙攘攘的賞花人。

此詩約為楊巨源在唐代京城長安任職期間所作，看似不經意的描述中深藏了詩人對早春景色的熱愛。

楊巨源（755-？），唐代詩人，字景山，後改名巨濟。河中治所（今山西永濟）人。貞元五年（789年）進士。《全唐詩》輯錄其詩一卷。

春曉　〔唐〕孟浩然

春眠不覺曉，處處聞啼鳥。
夜來風雨聲，花落知多少。

A Spring Morning
Meng Haoran

This spring morning in bed I'm lying,
Not to awake till birds are crying.
After one night of wind and showers,
How many are the fallen flowers!

春天的夜晚總覺得不夠長，還不夠夢見天就亮了。無論在哪裡醒來，都醒在無處不在的小鳥的鳴叫聲裡。

昨夜風聲疊著雨聲，夢裡夢外鋪排了一晚，那滿樹開得正好的花不知落了多少……

此詩為孟浩然隱居在鹿門山時所作，描述了春天早晨醒來時對春風、春雨、春花和鳥聲的美好想像，抒發了珍惜春光的心情。

孟浩然（689-740 年），唐代詩人。本名不詳（一說名浩），字浩然，襄州襄陽（今湖北襄陽）人，世稱「孟襄陽」。盛唐山水田園詩派的第一人，「興象」創作的先行者，與另一位山水田園詩人王維合稱為「王孟」。孟浩然的詩風清淡自然，主張作詩不必受近體格律的束縛，應當「一氣揮灑，妙極自然」，還提倡詩歌要有弦外之音、象外之旨。著詩二百餘首。

詠柳　〔唐〕賀知章

碧玉妝成一樹高，萬條垂下綠絲條。
不知細葉誰裁出，二月春風似剪刀。

①條（ㄊㄠ）：用絲編成的繩帶。

THE WILLOW
He Zhizhang

The slender beauty's dressed in emerald all about,
A thousand branches droop like fringes made of jade.
But do you know by whom these slim leaves are cut out?
The wind of early spring is sharp as scissor blade.

高高的柳樹多像是碧玉裝飾而成，低垂搖曳的柳枝猶如千萬條綠色的絲帶從天而降。

　　是誰的剪刀裁出了那麼多那麼細長精美的柳葉？是二月春風。

　　　　　　　說柳樹之美，說春風之趣。極其清新的詩風，極其豐富的想像力。

　　賀知章（659-744年），唐代著名詩人，字季真，自號四明狂客，越州永興（今浙江杭州蕭山區）人。為人曠達不羈，有「清談風流」之譽。與大部分鬱鬱不得志的詩人不同，他是唐朝武則天時期的狀元，年少成名，當過禮部侍郎和工部侍郎，直到八十多歲才告老回鄉。《全唐詩》存詩十九首。詩雖存世不多，但流傳甚廣。其寫景之作，清新通俗，無意求工而有新意。

滁州西澗　〔唐〕韋應物

獨憐幽草澗邊生，上有黃鸝深樹鳴。
春潮帶雨晚來急，野渡無人舟自橫。

①滁（ㄔㄨˊ）：地名。

ON THE WEST STREAM AT CHUZHOU
Wei Yingwu

Alone, I like the riverside where green grass grows
And golden orioles sing amid the leafy trees.
When showers fall at dusk, the river overflows;
A lonely boat athwart the ferry floats at ease.

唯獨喜歡生長在澗邊的幽幽芳草，還有黃鸝鳥在繁茂的枝葉間的婉轉鳴叫。

　春潮和夜雨一起來時澗水突然湍急，沒有人的野渡口，只見一葉小船在暮色裡悠閒地橫在水面上。

　　　平常的景物，經詩人的點染，成了一幅意境幽深的有韻之畫。詩中蘊含了恬淡的胸襟和對自己懷才不遇的憂傷情懷。

　韋應物（737-792年），唐朝長安（今陝西西安）人。其詩多寫山水田園，清麗閑淡，和平之中時露幽憤之情。後人以「王孟韋柳」並稱。是中唐藝術成就較高的詩人。今傳有十卷本《韋江州集》、兩卷本《韋蘇州詩集》、十卷本《韋蘇州集》。散文僅存一篇。

早春桂林殿應詔　〔唐〕上官儀

步輦出披香，清歌臨太液。
曉樹流鶯滿，春堤芳草積。
風光翻露文，雪華上空碧。
花蝶來未已，山光暖將夕。

①步輦（ㄅㄨˋ ㄋㄧㄢˇ）：轎子，或用人力拉的車子。

EARLY SPRING IN LAUREL PALACE
Shangguan Yi

The royal cab leaves palace hall
For poolside garden'mid sweet songs.
The trees are loud with orioles' call;
On vernal shore grass grows in throngs.
The breeze can write with morning dew;
Neath blue sky flowers bloom like snow.
Butterflies come now and anew;
The hills are warmed by evening glow.

晨光熹微。華美的步輦出了披香殿，一朵雲似的飄去了太液池。步輦落地，輕歌曼舞四起。

黃鶯還在樹上休息，早起的春草已如綠水一寸寸漫過了長堤。

風吹動草木泛出了閃爍的光亮，花葉間忽隱忽現的露珠如稍縱即逝的密文。從天而降的雪花美得像夢一樣，看久了卻覺得雪花像要重新飛回碧藍的天上。

翩翩的彩蝶還在絡繹不絕地趕來的路上，暖暖的夕陽已經快要爬上山岡。

此詩是一首典型的應制唱和詩，但不流於舊俗，以清新自然的筆調對桂林殿早春的美好氛圍進行了精描細繪。

上官儀（約608-665年），唐代大臣、詩人。字游韶，陝州陝縣（今屬河南）人。貞觀進士。詩多應制、奉和之作，婉媚工整，但在接受傳統的藝術變化中融進了自身的創作體驗，進一步提高了宮廷詩歌的審美，使之達到了一個全新的藝術境界，時稱「上官體」。又歸納六朝以來詩歌中對仗方法，提出「六對」、「八對」之說，對律詩的形成頗有影響。原有詩集已失傳。

漁翁　〔唐〕柳宗元

漁翁夜傍西岩宿，曉汲清湘燃楚竹。
煙銷日出不見人，欸乃一聲山水綠。
回看天際下中流，岩上無心雲相逐。

①汲（ㄐㄧˊ）：取水。②欸乃（ㄞˇ ㄋㄞˇ）：搖槳的聲音。

A Fisherman
Liu Zongyuan

Under western cliff a fisherman passes the night;
At dawn he makes bamboo fire to boil water clean.
Mist clears off at sunrise but there's no man in sight;
Only the fisherman's song turns hill and rill green.
He goes down mid-stream and turns to look on the sky.
What does he see but clouds freely wafting on high.

傍晚，漁翁將船靠攏西山，擇一靜流處繫繩停宿。晨起，汲清亮江水，取岸上楚竹，生火做飯。炊煙裊裊，晨霧藹藹，溫馨在碗，靜美在懷。

　　太陽一出來江上的晨霧就散了，四周悄無人聲。突然傳來槳聲欸乃，山水頓綠，應聲而出。船行江上，如穿行迤邐畫廊間。

　　回望天邊，江水滾滾，漁船由中流隨波逐流而下。抬頭看山，白雲悠悠，一朵雲追著一朵雲，無心無念，自由自在。

　　　　就像一幅飄逸的風情畫，充滿了色彩和動感，境界奇妙動人。被譽為柳宗元最美的一首山水小詩。「煙銷日出不見人，欸乃一聲山水綠」極為後人稱道。

　　柳宗元（773-819年），字子厚，唐代河東（今山西運城）人，傑出文學家、哲學家、儒學家，乃至成就卓著的政治家。唐宋八大家之一。與韓愈同為中唐古文運動的倡導者，並稱「韓柳」。其詩風格清峭，與劉禹錫並稱「劉柳」，與王維、孟浩然、韋應物並稱「王孟韋柳」。在中國文化史上，其詩、文成就均極為傑出，可謂一時難分軒輊。著名作品有《永州八記》等六百多篇文章，經後人輯為四十五卷，名為《柳河東集》。

望洞庭　〔唐〕劉禹錫

湖光秋月兩相和，潭面無風鏡未磨。
遙望洞庭山水翠，白銀盤裡一青螺。

LAKE DONGTING VIEWED FROM AFAR
Liu Yuxi

The autumn moon dissolves in soft light of the lake,
Unruffled surface like an unpolished mirror bright.
Afar, the isle amid water clear without a break
Looks like a spiral shell in a plate silver-white.

秋夜，月亮高掛在洞庭湖上，水光輝映著月光，和諧安寧。沒有一絲風經過，也沒有槳聲經過，沉靜的湖面如一塊未磨的銅鏡。

洞庭湖的山水蒼翠。遠遠地看，那山，那水，宛如一個白銀的盤子裡托著一青螺。

描繪了秋夜月光下洞庭湖的優美景色，盡顯詩人對大自然的珍愛之意。

劉禹錫（772-842年），唐代文學家、哲學家。字夢得，洛陽（今屬河南）人。其詩通俗清新，善用比興手法寄託政治內容。〈竹枝詞〉、〈楊柳枝詞〉和〈插田歌〉等組詩，富有民歌特色，為唐詩中別開生面之作。有《劉夢得文集》。

2

SUMMER IS IN THE
BEAUTIFUL MOUNTAINS
AND WOODS

望天門山　〔唐〕李白

天門中斷楚江開，碧水東流至此回。
兩岸青山相對出，孤帆一片日邊來。

MOUNT HEAVEN'S GATE VIEWED FROM AFAR
Li Bai

Breaking Mount Heaven's Gate, the great River rolls through;
Green billows eastward flow and here turn to the north.
From both sides of the River thrust out the cliffs blue;
Leaving the sun behind, a lonely sail comes forth.

遠遠望去，天門山像被長江攔腰撞開，浩浩蕩蕩東來的江水在這裡突然轉身改變了方向。

　　兩岸的青山夾江而迎，一葉孤舟順流揚帆，好像從天邊飛速飄來。

　　　　唐玄宗開元十三年（725年），二十五歲的李白初出巴蜀，乘船途中初次經過天門山時寫了此詩。全詩透過對天門山神奇壯麗景象的描述，展示了作者樂觀豪邁、自由灑脫的精神風貌。

獨坐敬亭山　〔唐〕李白

眾鳥高飛盡，孤雲獨去閒。
相看兩不厭，只有敬亭山。

SITTING ALONE IN FACE OF PEAK JINGTING
Li Bai

All birds have flown away, so high;
A lonely cloud drifts on, so free.
Gazing on Mount Jingting, nor I
Am tired of him, nor he of me.

山裡所有的小鳥都飛走了，天空中唯一的雲也獨自飄走偷閒去了，多麼孤絕的安靜。

　　我坐著不動，它也不動。我看它不夠，它也看我不厭。默然相對，寂靜歡喜，唯有敬亭山。

　　　　此詩寫獨遊敬亭山的情趣，卻深藏詩人生命歷程中遭逢的不如意和由此而生的曠世孤獨感。

清溪行　〔唐〕李白

清溪清我心，水色異諸水。
借問新安江，見底何如此？
人行明鏡中，鳥度屏風裡。
向晚猩猩啼，空悲遠遊子。

SONG OF THE CLEAR STREAM
Li Bai

The Clear Stream clears my heart;
Its water flows apart.
I ask the River New,
"Why transparent are you?"
On mirror bright boats hie;
Between the screens birds fly.
At dusk the monkeys cry;
In vain the wayfarers sigh.

唯有清溪，能讓我的心清澈寧靜，見了這裡的水色別的再好都不算什麼了。

　　就算是新安江，就算水清見底又哪裡比得過它呢？

　　人在溪中行猶如掠過一面初磨銅鏡，鳥在溪上飛猶如穿越一面新畫屏風。

　　只是啊，天色將晚時猩猩的啼叫聲四起，讓遠行的遊子徒增了鄉愁和悲情。

　　　　描述清溪水色的清澈，寄託詩人喜清厭濁的情懷，以及詩人內心因遠離家鄉、思念家鄉的孤寂、落寞和難以言傳的抑鬱悲傷之情。

望廬山瀑布　〔唐〕李白

日照香爐生紫煙，遙看瀑布掛前川。
飛流直下三千尺，疑是銀河落九天。

THE WATERFALL IN MOUNT LU VIEWED FROM AFAR
Li Bai

The sunlit Censer Peak exhales incense-like cloud;
Like an upended stream the cataract sounds loud.
Its torrent dashes down three thousand feet from high,
As if the Silver River fell from the blue sky.

遠遠地看，陽光下的香爐峰升起了裊裊紫煙，雪白的瀑布如一條長河懸掛在山前。

　　流水飛身而下似乎有三千尺，莫非是銀河從九重天突然跌落在了山崖間。

　　詩人筆下想像豐富，氣勢恢宏；詩人詩裡感情豐富，熾烈似江河奔騰，清新似雲卷風清。

峨眉山月歌　〔唐〕李白

峨眉山月半輪秋，影入平羌江水流。
夜發清溪向三峽，思君不見下渝州。

THE MOON OVER MOUNT BROW
Li Bai

The crescent moon looks like old Autumn's golden brow;
Its deep reflection flows with limpid water blue.
I'll leave the town on Clear Stream for the Three Gorges now.
O Moon, how I miss you when you are out of view!

秋夜，在峨眉山上看峨眉月，在平羌江的流水裡看月亮的影子，見月如你。

乘著小船，乘著月色，連夜從清溪出發去三峽。那麼想你卻終是不能相見，只好繼續向著渝州前行。

山一重，水一重，念一重，想一重……

這是李白初次出四川時寫的一首依戀家鄉山水的詩，透過山月和江水展現了一幅千里蜀江行旅圖，語言自然流暢，構思新穎精巧，意境清朗秀美，充分顯示了青年李白的藝術天賦。

山中　〔唐〕王維

荊溪白石出，天寒紅葉稀。
山路元無雨，空翠濕人衣。

IN THE HILLS
Wang Wei

White pebbles hear a blue stream glide;
Red leaves are strewn on cold hillside.
Along the path no rain is seen,
My gown is moist with drizzling green.

荊溪的水越流越細，露出了原本深藏在水底的白色鵝卵石。天氣越來越冷，山上的紅葉一天天變少了。

　　山間小路上原本沒有下雨，是因為山上的草木蒼翠欲滴，似乎那濃稠的翠色會打濕了路人的衣裳。

　　詩人寥寥幾筆勾勒出豐富的山中冬景。全詩意境空濛，如夢如幻。詩風清新明快。

終南山　〔唐〕王維

太乙近天都，連山接海隅。
白雲回望合，青靄入看無。
分野中峰變，陰晴眾壑殊。
欲投人處宿，隔水問樵夫。

①隅（ㄩˊ）：彎曲轉角的地方。②壑（ㄏㄨㄛˋ）：谷、溝。

MOUNT ETERNAL SOUTH
Wang Wei

The highest peak scrapes the sky blue; it extends from hills
to the sea.
When I look back, clouds shut the view; when I come near,
no mist I see.
Peaks vary in north and south side; vales differ in sunshine
or shade.
Seeking a lodge where to abide, I ask a woodman when I
wade.

終南山高得好像挨著了天庭，山巒綿延不絕又好像要與海相連。

在山中前行，繚繞的雲霧被路分向了兩邊。回頭望去，剛剛分開的白雲又在身後瀰漫著合攏，藏起了所有的景物。雲盡，山嵐又起，似乎觸手可及，到了眼前又四散如煙，倏忽不見。

終南山的中央主峰把東西隔開，當陽光普照群山，溝溝壑壑各有顏色深淺、各有風物不同，煞是壯觀。

我想找戶人家投宿，隔著溪澗，向一個打柴的樵夫大聲詢問。我們一問一答的聲音在山間一遍遍回響，傳得很遠、很遠……

　　這首詩大概是詩人隱居終南山期間的作品。全詩寫景、寫人、寫物，有聲有色，意境清新。作為詩人兼畫家的王維，只用四十個字的一首五言律詩，為偌大一座終南山傳神寫照。

山居秋暝　〔唐〕王維

空山新雨後，天氣晚來秋。
明月松間照，清泉石上流。
竹喧歸浣女，蓮動下漁舟。
隨意春芳歇，王孫自可留。

①暝（ㄇㄧㄥˊ）：天色將晚。②浣（ㄏㄨㄢˇ）：洗滌、洗濯。③王孫：原指貴族子弟，後來也泛指隱居的人，此為作者自稱。

AUTUMN EVENING IN THE MOUNTAINS
Wang Wei

After fresh rain in mountains bare,
Autumn permeates evening air.
Among pine trees bright moonbeams peer;
Over crystal stones flows water clear.
Bamboos whisper of washer-maids;
Lotus stirs when fishing boat wades.
Though fragrant spring may pass away,
Still here's the place for you to stay.

微涼，雨後，空寂的山間秋意漸濃。

瑩白的月光照進墨綠的松林和夜晚，清冽的山泉在山石上淙淙而流，如一匹素緞閃閃發亮。

竹林裡洗衣回來的女子突然帶來歡歌笑語的喧譁；荷塘裡漁舟陡然經過拂開了蓮葉輕搖的路一行。

那些春天的芳菲就任它隨風而逝吧，這山中靜美的秋色已足以讓人百般流連。

詩人隱居終南山下輞川別業（別墅）時所作。寫初秋時節山居所見雨後黃昏的景色，於詩情畫意之中寄託著詩人高潔的情懷和對理想境界的追求。為千古傳誦山水名篇。

溪居　〔唐〕柳宗元

久為簪組累，幸此南夷謫。
閒依農圃鄰，偶似山林客。
曉耕翻露草，夜榜響溪石。
來往不逢人，長歌楚天碧。

①簪組（ㄗㄢ ㄗㄨˇ）：古代官吏的冠飾，比喻做官。②謫（ㄓㄜˊ）：古代官吏降職調任。③圃（ㄆㄨˇ）：種植蔬菜、花卉或瓜果的園地。

LIVING BY THE BROOKSIDE
Liu Zongyuan

Tired of officialdom for long,
I'm glad to be banished southwest.
At leisure I hear farmer's song;
Haply I look like hillside guest.
At dawn I cut grass wet with dew;
My boat comes o'er pebbles at night.
To and fro there's no man in view;
I chant till southern sky turns bright.

那麼久以來都為功名所累，好慶幸這次因貶得福來到這南方清靜之地，像一陣風終於回歸山林的自在和歡喜。

閒來無事，就和農田菜圃為鄰，種種菜，鋤鋤草，做個愉快的農民。偶爾又去山裡隱居，遠離人間煙火，像個逍遙的隱士。

鳥語花香的早晨踏著露水去田間耕作。萬籟俱寂的夜晚划著船去聆聽溪水和溪石的喁喁細語。

多麼自由自在，來來去去都不會遇到人，也不用費心逢迎人，只要自己願意，隨時可以抬頭放聲高歌，也可以低頭沉默不語。

此詩看似寫溪邊生活的愜意自適，其實是將被貶的鬱憤之情隱晦寫出。全詩清麗簡練，含蓄深沉，意在言外，耐人尋味。

雨後曉行獨至愚溪北池　〔唐〕柳宗元

宿雲散洲渚，曉日明村塢。

高樹臨清池，風驚夜來雨。

予心適無事，偶此成賓主。

①洲渚（ㄓㄡ ㄓㄨˇ）：水中可以居住的地方，大的稱洲，小的稱渚。
②明：照亮。③予：我。④適：正好。⑤偶此：與前述景物相對。
⑥賓：指眼前景。⑦主：作者自指。

THE NORTHERN POOL VISITED ALONE AFTER THE RAIN AT DAWN
Liu Zongyuan

Over the islets disperse clouds of last night,

The rising sun makes poolside village bright.

A tall tree overlooks the water clear;

Raindrops fall, startled by the wind severe.

Unoccupied, my mind is just carefree;

By chance the tree plays host to welcome me.

夜雨後。

晨光如線，穿過雲的縫隙，繡亮了村莊，繡醒了炊煙。

突然一陣風，驚落了昨晚躲在池塘邊大樹上的雨滴，銀亮珠子般落入琉璃的水面。

我正好沒有煩心事，與此情此景相對正好如客人和主人，相見甚歡。

此詩作於元和五年（810年），是柳宗元被貶永州司馬的第五年。以描繪雨霽雲消的明麗圖景，預示詩人心中那份烏雲終會散去，光明終將來臨的堅定的信念。

野望　〔唐〕王績

東皋薄暮望，徙倚欲何依。
樹樹皆秋色，山山唯落輝。
牧人驅犢返，獵馬帶禽歸。
相顧無相識，長歌懷采薇。

①東皋（ㄅㄨㄥ ㄍㄠ）：地名。②犢（ㄉㄨˊ）：小牛。

A FIELD VIEW
Wang Ji

At dusk with eastern shore in view, I stroll but know not
where to go.
Tree on tree tinted with autumn hue, hill on hill steeped in
sunset glow.
The shepherd drives his herd homebound; the hunter loads
his horse with game.
There is no connoisseur around; I can but sing of hermits'
name.

夕陽下，在東皋村頭悵立張望，不知道哪裡是可以歸依的地方。

每一棵樹都換好了秋天的顏色，每一座山上都落滿了金色的夕陽。

放牧的人趕著牛群歡快地走在回家的路上，獵人騎著馬帶著獵物滿意而歸。

茫然四顧，沒有一個熟悉的、可以說說話的人，我只有追懷隱逸山林採薇的古人聊以自慰了。

此詩大約作於詩人辭官隱居東皋（在今山西河津）之時。是王績的代表作，也是現存唐詩中最早的一首格律完整的五言律詩。在閑逸的情調中，帶著幾分徬徨、孤獨之意。

王績（585-644年），字無功，絳州龍門（今山西河津）人。常居東皋，號東皋子。性簡傲，嗜酒，能飲五斗，自作《五斗先生傳》，撰《酒經》、《酒譜》。後世公認他是五言律詩的奠基人，為開創唐詩做出了重要貢獻，在中國的詩歌史上，具有非常重要的地位。他的山水田園詩樸素自然，意境渾厚。原有集，已散佚，後人輯有《東皋子集》。

晚泊潯陽望廬山　〔唐〕孟浩然

掛席幾千里，名山都未逢。
泊舟潯陽郭，始見香爐峰。
嘗讀遠公傳，永懷塵外蹤。
東林精舍近，日暮空聞鐘。

MOUNT LU VIEWED FROM XUNYANG AT DUSK

Meng Haoran

For miles and miles I sail and float; high famed mountains are hard to seek.
By riverside I moor my boat, then I perceive the Censer Peak.
Knowing the hermit's life and way. I love his solitary dell.
His hermitage not far away, I hear at sunset but the bell.

幾千里揚帆遠行，一路上掠過煙波浩淼經過青山無數，居然沒有遇到一座名山。

終於在泊船停靠潯陽城外時，看見了非同一般的香爐峰。

曾經讀過在香爐峰修行的高僧慧遠的傳記，他遠離塵俗的蹤跡一直讓我心存懷想。

此刻，夕陽西下，東林精舍近在眼前，卻已是鐘聲空鳴，心惘然。

開元二十一年（733年），孟浩然還鄉路上途經九江，晚泊潯陽，眺望廬山所發思古幽情。此詩流露出詩人對隱逸生活的嚮往和企圖超脫塵世的思想。

宿建德江　〔唐〕孟浩然

移舟泊煙渚，日暮客愁新。
野曠天低樹，江清月近人。

Mooring on the River at Jiande
Meng Haoran

My boat is moored near an isle in mist gray;
I'm grieved anew to see the parting day.
On boundless plain trees seem to touch the sky;
In water clear the moon appears so nigh.

天漸黑，緩緩將船停靠在煙霧朦朧的沙洲，人在旅途的離緒在夜色裡似乎又添了新愁。

　曠野茫茫，遠處的天空似乎彎腰與樹相連相擁。江水清清，天上的月亮好像俯身與人相偎相依。

　　　　　　此詩作於唐玄宗開元十八年（730年）孟浩然仕途失意漫遊吳越之際，情景相生，思與境諧，顯示出一種風韻天成、淡中有味、含而不露的藝術美。

春江花月夜 〔唐〕張若虛

春江潮水連海平，海上明月共潮生。

灩灩隨波千萬里，何處春江無月明！

江流宛轉繞芳甸，月照花林皆似霰；

空裡流霜不覺飛，汀上白沙看不見。

江天一色無纖塵，皎皎空中孤月輪。

江畔何人初見月？江月何年初照人？

①霰（ㄒㄧㄢˋ）：雨點遇冷空氣凝成的雪珠，降落時呈白色不透明的小冰粒，多為球形或圓錐形，常降於下雪之前。

The Moon over the River on a Spring Night
Zhang Ruoxu

In spring the river rises as high as the sea.

And with the river's tide uprises the moon bright.

She follows the rolling waves for ten thousand li;

Where'er the river flows, there overflows her light.

The river winds around the fragrant islet where,

The blooming flowers in her light all look like snow.

You cannot tell her beams from hoar frost in the air.

Nor from white sand upon the Farewell Beach below.

No dust has stained the water blending with the skies;

A lonely wheel-like moon shines brilliant far and wide.

Who by the riverside did first see the moon rise?

When did the moon first see a man by riverside?

人生代代無窮已，江月年年祇相似。
不知江月待何人，但見長江送流水。
白雲一片去悠悠，青楓浦上不勝愁。
誰家今夜扁舟子？何處相思明月樓？
可憐樓上月徘徊，應照離人妝鏡臺。
玉戶簾中卷不去，搗衣砧上拂還來。

②砧（ㄓㄣ）：洗衣時用來輕搥衣服的石塊。

Many generations have come and passed away;
From year to year the moons look alike, old and new.
We do not know tonight for whom she sheds her ray,
But hear the river say to its water adieu.
Away, away is sailing a single cloud white;
On Farewell Beach are pining away maples green.
Where is the wanderer sailing his boat tonight?
Who, pining away, on the moonlit rails would lean?
Alas! The moon is lingering over the tower;
It should have seen her dressing table all alone.
She may roll curtains up, but light is in her bower;
She may wash, but moonbeams still remain on the stone.

春江花月夜

此時相望不相聞，願逐月華流照君。
鴻雁長飛光不度，魚龍潛躍水成文。
昨夜閑潭夢落花，可憐春半不還家。
江水流春去欲盡，江潭落月復西斜。
斜月沉沉藏海霧，碣石瀟湘無限路。
不知乘月幾人歸，落月搖情滿江樹。

③碣（ㄐㄧㄝˊ）：圓形石碑。

She sees the moon, but her husband is out of sight;
She would follow the moonbeams to shine on his face.
But message-bearing swans can't fly out of moonlight,
Nor letter-sending fish can leap out of their place.
He dreamed of flowers falling o'er the pool last night;
Alas! Spring has half gone, but he can't homeward go.
The water bearing spring will run away in flight;
The moon over the pool will in the west sink low.
In the mist on the sea the slanting moon will hide;
It's a long way from northern hills to southern streams.
How many can go home by moonlight on the tide?
The setting moon sheds o'er riverside trees but dreams.

當一江春水與一片大海邂逅，當一輪明月與一列海潮相遇，當柔情繾綣與激情澎湃相擁。

　　月光如白銀的長卷在江面綿延，千里萬里江水迤邐，萬里千里明月相隨。

　　江水在花草繁茂的兩岸間靜流宛轉，月光照著素白的林花晶瑩若雪珠子走過林間。

　　看那月色如霜，就算真的霜飛也如月光飛揚。看那月光落在白色的沙洲上，風難分，雲難辨。

　　看那夜空如一卷剛輕輕鋪好的素宣，除了一輪明月，沒有一絲雲彩著墨，也不見一粒塵埃落款。

　　到底是什麼人在江邊初次見了月亮，江上的月亮又是哪一年初次照見了江邊看月亮的人。

　　人世間的悲歡離合代代更迭無窮無盡，江上的月亮卻循環往復年年重來。

　　月亮在天上寸步不挪，不知道在等誰無怨無悔。江水靜默著不停地奔流，一直向前頭也不回。

　　出門的遊子像一片浮雲悠然漸遠，剩下思念的女子在青楓浦徘徊哀怨。

　　誰家有人今晚泛舟欣然出行？什麼地方有人在明月下的高樓裡相思嘆息？

春江花月夜

可憐樓上的月光清靜祥和，一片無言的清歡，照著合家歡的飯桌，也照著離人的妝台。

月光照亮了門簾，但無法和門簾一起捲走。月光照在搗衣砧上，揮了還來。

此刻，相互遙望卻無法執手相看，多希望隨著月光去照亮你，陪你落子，為你研墨。

鴻雁不停地飛也飛不出無邊的月光，魚龍在水裡跳躍潛游激起了陣陣波瀾。多少百轉千迴的思念，無法託付飛傳。

昨夜夢見落花繽紛鋪滿了幽靜的水潭，可惜春天都過去一半了，我還不能回家看看。

江水漸漸送走了春光，水潭上的月亮又慢慢西斜。一年年的花開花落，一夜夜的月圓月缺，這寂靜滄桑卻總如初見的人間。

月亮側身可慢慢藏入海霧，碣石與瀟湘南北相望卻遙不可及。

不知有幾人能乘著這月光的車船回家，只見那漸落的月亮把思念的光芒灑滿了江邊的樹林，和做夢都想狂奔而去的方向。

〈春江花月夜〉的作者張若虛一生僅留下兩首傳世之作，除了這首〈春江花月夜〉，另一首是〈代答閨夢還〉。〈春江花月夜〉全詩共三十六句，每四句一換韻，通篇融詩情、畫意、哲理為一體，意境空明，想像奇特，語言自然雋永，韻律宛轉悠揚，洗淨了六朝宮體的濃脂膩粉，具有極高的審美價值，素有「孤篇蓋全唐」之譽。

張若虛，唐代詩人。揚州（今屬江蘇）人。生卒年、字號均不詳。事跡略見於《舊唐書・賀知章傳》。唐中宗神龍年間，以文辭俊秀馳名於京都，與賀知章、張旭、包融並稱「吳中四士」。唐玄宗開元時尚在世。《全唐詩》僅存其詩二首，而這首〈春江花月夜〉又是最著名的一首，它號稱以「孤篇橫絕全唐」，奠定了張若虛在唐代文學史的不朽地位。

尋隱者不遇　〔唐〕賈島

松下問童子，言師採藥去。
只在此山中，雲深不知處。

FOR AN ABSENT RECLUSE
Jia Dao

I ask your lad beneath a pine.
"My master has gone for herbs fine.
He stays deep in the mountain proud,
I know not where, veiled by the cloud."

松樹下，向學童打聽消息，說是師傅進山採藥去了。

　　還說，就在這座山裡，可山裡白雲深深，誰也不知道他在哪片雲裡，不必尋，只需等。

　　　　全詩遣詞通俗清麗，言繁筆簡，情深意切，白描無華，是一篇難得的言簡意豐之作。

　　賈島（779-843年），唐代詩人。字閬仙，一作浪仙。范陽（今河北涿州市）人。初落拓為僧，名無本，後還俗，屢舉進士不第。曾任長江（今四川蓬溪）主簿，人稱賈長江。也許因長年生活在窮苦潦倒之中，其詩喜寫荒涼枯寂之境，頗多寒苦之辭。以五律見長，注意詞句錘煉，刻苦求工。與孟郊齊名，有「郊寒島瘦」之稱。有《長江集》。

暮江吟　〔唐〕白居易

一道殘陽鋪水中，半江瑟瑟半江紅。
可憐九月初三夜，露似真珠月似弓。

SUNSET AND MOONRISE ON THE RIVER
Bai Juyi

The departing sunbeams pave a way on the river;
Half of its waves turn red and the other half shiver.
How I love the third night of the ninth moon aglow!
The dewdrops look like pearls, the crescent like a bow.

鋪夕陽在江上，半江歸了嫣紅半江歸了碧綠。

最可愛的是九月初三的夜晚，草葉上露水如珍珠雲集，天幕上鑲了一彎如弓新月。

此詩大約是長慶二年（822年）白居易在赴杭州任刺史的途中所寫。當時朝廷政治昏昧，作者遠離朝廷後心情輕鬆暢快，運用了新穎巧妙的比喻，創造出和諧、寧靜的詩歌意境。

問劉十九　〔唐〕白居易

綠螘新醅酒，紅泥小火爐。
晚來天欲雪，能飲一杯無？

①綠螘（ㄌㄨˋ ㄧˇ）：新醸的米酒，未經過濾，酒面浮渣，呈淡綠色，
其細如蟻，稱為「綠螘」。螘指小蟲，同「蟻」。②醅（ㄆㄟ）：未過濾
的酒，酒精濃度低，多飲不醉。

REQUESTING MR. LIU, THE NINETEENTH
Bai Juyi

My new brew gives green glow;
My red clay stove flames up.
At dusk it threatens snow.
Won't you come for a cup?

淡綠的米酒剛剛釀好，紅泥的小火爐已燒得暖暖的。晚上要下的雪好像也已經等在路口了，就問你一句，良宵如此，要不要來寒舍小飲一杯或一醉方休？

此詩是白居易晚年隱居洛陽時所作。全詩寥寥二十字，語淺情深，言短味長，描寫詩人在一個風雪欲來的傍晚邀請朋友前來喝酒的情景。詩裡如敘家常的語氣，樸素親切的言語，真誠、溫暖。

次北固山下 〔唐〕王灣

客路青山外，行舟綠水前。
潮平兩岸闊，風正一帆懸。
海日生殘夜，江春入舊年。
鄉書何處達？歸雁洛陽邊。

Passing by the Northern Mountains
Wang Wan

My boat goes by green mountains high,
And passes through the river blue.
The banks seem wide at the full tide;
A sail with ease hangs in soft breeze.
The sun brings light born of last night;
New spring invades old year which fades.
How can I send word to my friend?
Homing wild geese, fly westward please!

沿著連綿的青山一路跋涉，迎著碧綠的江水一路行船。

潮水漲平了江面，兩岸愈見寬闊。江風扶正了船帆，船行愈加平和。

夜色未盡，海上已是旭日初升。舊歲尚存，江上已是春意盎然。

寫了家書，怎麼送達呢？鴻雁北歸時，應該會經過故鄉洛陽。

描述了詩人在北固山下停泊時所見到青山綠水、潮平岸闊等壯麗之景，抒發了深深的思鄉之情。

王灣（約693-約751年），字號不詳，唐代詩人，洛陽（今河南洛陽）人，玄宗先天年間（712年）進士及第。《全唐詩》存其詩十首，其中最出名的是〈次北固山下〉。

商山早行　〔唐〕溫庭筠

晨起動征鐸，客行悲故鄉。
雞聲茅店月，人跡板橋霜。
槲葉落山路，枳花明驛牆。
因思杜陵夢，鳧雁滿回塘。

①征鐸（ㄓㄥ ㄉㄨㄛˊ）：車行時懸掛在馬頸上的鈴鐺，鐸指大鈴。②槲
（ㄏㄨˊ）：槲樹。③枳（ㄓˇ）：植物名，落葉灌木或小喬木，也稱為「臭
橘」。④鳧（ㄈㄨˊ）：野鴨。

EARLY DEPARTURE ON MOUNT SHANG
Wen Tingyun

At dawn I rise and my cab bells begin
To ring, but in thoughts of home I am lost.
The cock crows as the moon sets over thatched inn;
Footprints are left on wood bridge paved with frost.
The mountain path is covered with oak leaves;
The post house bright with blooming orange trees.
The dream of my homeland still haunts and grieves
With mallards playing on the pool with geese.

一早起身，門外已響起車馬出行的鈴鐺聲。一路前行，一路思念故鄉。

雞剛叫，月亮還掛在茅草店的屋頂上，落了霜的板橋上已經有行人的足跡了。

凋落的槲樹葉鋪滿了荒寂的山路，素白的枳花明亮了驛站的圍牆。

不由得想起昨夜夢裡的故鄉，野鴨和大雁落滿了田間林邊的湖塘。

此詩當是詩人離開長安赴襄陽經過商山時所作。「客行悲故鄉」的情懷，引起讀者強烈的情感共鳴。

溫庭筠（約812-866年）唐代詩人、詞人。本名岐，字飛卿，太原祁（今山西祁縣東南）人。與李商隱齊名，時稱「溫李」。其詞藝術成就在晚唐諸詞人之上，為「花間派」首要詞人。在詞史上，與韋莊齊名，並稱「溫韋」，對詞的發展影響較大。存詞七十餘首。有《溫飛卿集箋注》及《金奩集》。

憶揚州　〔唐〕徐凝

蕭娘臉薄難勝淚，桃葉眉頭易覺愁。
天下三分明月夜，二分無賴是揚州。

①蕭娘：南朝以來，詩詞中的男子所戀的女子常被稱為蕭娘，女子所戀的男子常被稱為蕭郎。②桃葉：晉代王獻之有妾名桃葉，篤愛之，故作〈桃葉歌〉，後常用作詠歌妓的典故。這裡指少女的代稱或指思念的佳人。

To One in Yangzhou
Xu Ning

Your bashful face could hardly bear the weight of tears;
Your long, long brows would easily feel sorrow nears.
Of all the moonlit nights on earth when people part,
Two-thirds shed sad light on Yangzhou with broken heart.

揚州的女子羞怯靦腆，臉上藏不住眼淚，眉梢上也藏不住憂愁。

如果天下最美的明月之夜分為三份，那兩份毫無疑義就是在揚州。

這分明是一首懷人詩，標題卻偏說懷地。詩人用「無賴」之「明月」寫盡了心底的珍愛和懷念，也使詩歌產生令人驚嘆的藝術效果。

徐凝（生卒年不詳），睦州（今浙江建德）人。唐憲宗元和年間（806-820年）有詩名，《全唐詩》存其詩一卷。

3

第三章
情深見故

HAVE A DEEP LOVE
FOR THE OLD MAN

相思　〔唐〕王維

紅豆生南國，春來發幾枝？
願君多采擷，此物最相思。

①擷（ㄐㄧㄝˊ）：摘取。

LOVE SEEDS
Wang Wei

The red beans grow in southern land.
How many load in spring the trees?
Gather them till full is your hand;
They would revive fond memories.

有一種植物叫紅豆，生長在南國的土地上，它們在春風裡枝繁葉茂，能長出多少新枝呢？

願你多採一些紅豆回家，因為聽說每一顆紅豆都是念想，每一顆紅豆都是珍惜，籃裝，筐盛，都是綿綿不盡的相思意。

此詩作於天寶年間。詩人借詠物寄相思，有委婉含蓄之美。還有另一說法，此詩是為懷念友人而作。

秋夜曲　〔唐〕王維

桂魄初生秋露微，輕羅已薄未更衣。
銀箏夜久殷勤弄，心怯空房不忍歸。

①桂魄：此指月亮。

SONG OF AN AUTUMN NIGHT
Wang Wei

Chilled by light autumn dew beneath the crescent moon,
She has not changed her dress though her silk robe is thin.
Playing all night on silver lute an endless tune,
Afraid of empty room, she can't bear to go in.

一曲古箏，如銀墨，湮染了秋夜。

明月初升，樹葉上已見秋露依稀。絲綢的衣裳太薄了，已難抵沁骨夜涼，但又不願起身。

夜那麼深了，還在撥弄著古箏，分明是不想回那寂寞空房。

描述一個獨守空房、思念丈夫的女子的離愁怨情。

春思 〔唐〕李白

燕草如碧絲，秦桑低綠枝。

當君懷歸日，是妾斷腸時。

春風不相識，何事入羅幃？

A FAITHFUL WIFE LONGING FOR HER HUSBAND IN SPRING
Li Bai

Northern grass looks like green silk thread;

Western mulberries bend their head.

When you think of your home on your part,

Already broken is my heart.

Vernal wind, intruder unseen,

O how dare you part my bed screen!

已是深春。

燕地的春草剛長得如青綠的絲線柔軟纖細，秦地的桑葉已經茂盛得壓彎了墨綠的枝條。

當遠在天涯的你想念家鄉期待歸期時，我已經在家想你想斷腸了。

春風啊，我們素不相識，為何要無緣無故地吹入我的羅帳，觸動我萬千愁思呢？

此詩是李白創作的新題樂府詩，富有民歌特色，描述了一位出征軍人的妻子在明媚的春日裡對丈夫的思念和對戰爭早日結束的盼望。

長干行　〔唐〕李白

妾髮初覆額，折花門前劇。
郎騎竹馬來，遶床弄青梅。
同居長干里，兩小無嫌猜，
十四為君婦，羞顏未嘗開。
低頭向暗壁，千喚不一回。
十五始展眉，願同塵與灰。
常存抱柱信，豈上望夫臺。

①劇：遊戲。②遶：同「繞」。③抱柱信：典出《莊子‧盜跖》，相
傳古時尾生與一女子相約於橋下，女子逾時未到而潮水至，尾生堅
守信約，抱著橋柱等候，結果被水淹死。後用以比喻堅守信約。

BALLAD OF A TRADER'S WIFE
Li Bai

My forehead barely covered by my hair,
Outdoors I plucked and played with flowers fair.
On hobby horse he came upon the scene;
Around the well we played with mumes still green.
We lived close neighbors on Riverside Lane,
Carefree and innocent, we children twain.
At fourteen years old I became his bride;
I often turned my bashful face aside.
Hanging my head, I'd look on the dark wall;
I would not answer his call upon call.
I was fifteen when I composed my brows;
To mix my dust with his were my dear vows.
Rather than break faith, he declared he'd die.
Who knew I'd live alone in tower high?

林深見鹿──最美的唐詩英譯新詮

十六君遠行，瞿塘灩澦堆。

五月不可觸，猿聲天上哀。

門前遲行跡，一一生綠苔。

苔深不能掃，落葉秋風早。

八月蝴蝶來，雙飛西園草。

感此傷妾心，坐愁紅顏老。

早晚下三巴，預將書報家。

相迎不道遠，直至長風沙。

④灩澦堆：四川省瞿塘峽峽口矗立於江中的礁岩，農曆五月水漲沒礁，船隻易觸礁翻沉。⑤遲：舊、昔。⑥早晚：何時。⑦三巴：古時巴郡（今四川省巴縣以東至忠縣）、巴東（今雲陽、奉節等縣）、巴西（今閬中縣地）的合稱。⑧長風沙：地名，在今安徽省安慶市的長江邊上，距南京約七百里。

I was sixteen when he went far away,
Passing Three Gorges studded with rocks grey.
Where ships were wrecked when spring flood ran high,
Where gibbons' wails seemed coming from the sky.
Green moss now overgrows before our door;
His footprints, hidden, can be seen no more.
Moss can't be swept away, so thick it grows,
And leaves fall early when the west wind blows.
In yellow autumn butterflies would pass
Two by two in west garden over the grass.
The sight would break my heart and I'm afraid,
Sitting alone, my rosy cheeks would fade.
"O when are you to leave the western land?·
Do not forget to tell me beforehand!
I'll walk to meet you and would not call it far
Even to go to Long Wind Beach where you are."

長干行

記得我還是個頭髮剛蓋過額頭的小女孩時，常常折一枝花在門前自己做遊戲。

你總是會跨著一根竹竿當馬騎到我家，手裡拿著青梅繞著椅子逗我和你追來追去。

從那麼小開始我倆就一起住在長干里，相互朝夕可見從不猜疑也從不嫌棄。

十四歲那年我成了你的新娘，害羞得不知道該怎麼面對你。

只是低著頭面對著牆壁，任你一聲聲低喚我也不回頭答應。

到了十五歲才懂得對你滿心歡喜，認定了要和你白頭偕老永不分離，直到一起化灰成泥。

如果你一直能像尾生抱柱般堅守誓約寸步不離，我又怎麼會登上這望夫台呢？

十六歲時你離家遠行，要經過瞿塘峽可怕的灩澦堆，你不知道我有多麼擔心。

都說五月江水上漲礁石難辨，兩岸猿猴的哀鳴聲天上可能都會聽見。

門前你戀戀不捨出行時留下的足跡，都被青苔一一湮沒了。

青苔太厚了怎麼都掃不了，早來的秋風又將落葉覆蓋上了。

林深見鹿——最美的唐詩英譯新詮

八月是個熱情似火的季節啊，眼看著相親相愛的蝴蝶雙雙飛舞在西園的草叢。

觸景生情我怎能不心生悲傷，忍不住會多愁善感地擔憂青春易逝容顏易老。

什麼時候你決定離開三巴回家，千萬記得提前寫信告訴我，我要提前準備好一切等你。

只要能去迎接你多遠都不覺遠，哪怕要一直走到幾百里外的長風沙，我也很願意很願意。

此詩為李白在唐玄宗開元十三年（725年）秋末初遊金陵時所作。詩中以一位居住在長干裡的商婦自述的語氣，展現了商婦各個人生階段的諸多生活畫面，塑造出了一個殷切思念遠方丈夫的少婦形象。

長相思　〔唐〕李白

長相思，在長安。

絡緯秋啼金井闌，微霜淒淒簟色寒。

孤燈不明思欲絕，卷帷望月空長嘆。

美人如花隔雲端。

上有青冥之高天，下有淥水之波瀾。

天長路遠魂飛苦，夢魂不到關山難。

長相思，摧心肝。

①絡緯：動物名。一種昆蟲，似蚱蜢但比較大，常在夏夜振翅作聲，鳴聲急促似紡絲。又稱為「絡絲娘」、「紡織娘」。②井闌（ㄐㄧㄥˇ ㄌㄢˊ）：井口的圍欄。③簟（ㄉㄧㄢˋ）：竹蓆。④淥水（ㄌㄨˋ ㄕㄨㄟˇ）：清澈的水。

ENDLESS LONGING
Li Bai

I long for one in all at royal capital.

The autumn cricket wails beside the golden rails.

Light frost mingled with dew, my mat looks cold in hue.

My lonely lamp burns dull, of longing I would die;

Rolling up screens to view the moon, in vain I sigh.

Above, the boundless heaven spreads its canopy screen;

Below, the endless river rolls its billows green.

My soul can't fly over sky so vast nor streams so wide;

In dreams I can't go through mountain pass to her side.

We are so far apart; the longing breaks my heart.

朝思暮想，我思念的人啊遠在長安。

　　長長的秋夜，紡織娘在精美的井欄邊一聲接一聲地悲鳴，已是起霜的季節了，輾轉反側只覺竹蓆那麼涼。

　　守著一盞昏暗的燈，想人想得痛不欲生，只能捲起帷幔望著窗外的天空發呆長嘆，花一樣的美人猶如相隔在遙不可及的雲上。

　　上有青天高遠無垠難登，下有綠水波瀾浩渺難渡。天高地遠，想要夢見都難。到底要吃多少苦，要魂牽夢縈多久，才能越過關山重重與你相見呢？

　　朝思暮想，肝腸寸斷……

　　　　此詩傾訴相思之苦。創作時間一般認為是在李白被排擠離開長安後，是沉思中回憶過往的情緒之作。

荊州歌　〔唐〕李白

白帝城邊足風波，
瞿塘五月誰敢過？
荊州麥熟繭成蛾，
繰絲憶君頭緒多，
撥穀飛鳴奈妾何！

①繰（ㄙㄠ）：煮繭抽絲，通「繅」。②撥穀：指布穀鳥。

THE SILK SPINNER
Li Bai

The White King Town's seen many shipwrecks on the sands.
Who dare to sail through Three Gorges in the fifth moon?
The wheat is ripe, the silkworm has made its cocoon.
My thoughts of you are endless as the silken strands.
The cuckoos sing: "Go Home!" When will you come to homeland?

 林深見鹿──最美的唐詩英譯新詮

都見過白帝城邊江上洶湧的驚濤駭浪，

都知道這五月的瞿塘峽水流湍急礁石難辨，誰敢輕易從這裡行船經過呢？

正是荊州麥黃時節，蠶也已結繭成蛾，家家都在忙著最後的蠶事。

我在家裡一邊煮繭繅絲，一邊思念著你，心緒紛繁如絲，綿綿不絕。

布穀鳥一聲聲地提醒春天將盡，我想你回來又不放心你坐船，叫我如何是好？

　　此詩寫的是一位農婦煮繭繅絲時思念遠方丈夫的情景，約莫是李白初出蜀路過荊州（今湖北江陵時）所作。

題都城南莊　〔唐〕崔護

去年今日此門中，人面桃花相映紅。
人面不知何處去，桃花依舊笑春風。

WRITTEN IN A VILLAGE SOUTH OF THE CAPITAL
Cui Hu

In this house on this day last year a pink face vied;
In beauty with the pink peach blossom side by side.
I do not know today where the pink face has gone;
In vernal breeze still smile pink peach blossoms full blown.

還記得去年的這時候，就在這扇門裡，姑娘美麗的笑臉和盛開的桃花相互映襯著。那畫面美過了整個春天，也在我的心裡定格著美過了四季。

今年的同一天我又來到了這個地方，卻不見了姑娘的笑臉。依舊是春光明媚，依舊是花木扶疏，依舊是桃花掩映……

傳說詩人到長安參加進士考試落第後，在長安南郊偶遇一美麗少女，次年清明節重訪此女不遇，無限悵惘，於是題寫此詩。「人面不知何處去，桃花依舊笑春風」二句流傳甚廣。

崔護（772-846年），字殷功，唐代博陵（今河北定州）人，唐代詩人，796年（貞元十二年）登第（進士及第）。其詩詩風精練婉麗，語極清新。《全唐詩》存詩六首，皆是佳作，尤以〈題都城南莊〉流傳最廣，為詩人贏得了不朽的詩名。

贈婢　〔唐〕崔郊

王孫公子逐後塵，綠珠垂淚滴羅巾。
侯門一入深似海，從此蕭郎是路人。

TO THE MAID OF MY AUNT
Cui Jiao

Even sons of prince and lord try to find thy trace;
Thy scarf is wet with pearl-like tears dropped from thy face.
The mansion where thou enter is deep as the sea;
Thy master from now on is a stranger to thee.

那些有權有勢的公子王孫絡繹不絕地慕妳的芳名而來，他們的車馬揚起的塵土整天瀰漫在門前。妳卻如當年的綠珠一樣傷心無奈，天天淚水濕透了手帕。

都說侯門深似海，妳嫁入了就很難再見面，很難有自由自在的生活了，昔日卿卿我我情深意長的情郎也從此成為不相關的陌生人了。

根據范攄《雲溪友議》及《全唐詩話》等記載：元和（唐憲宗年號，806-820 年）年間，崔郊的姑母有一婢女，生得姿容秀麗，與崔郊互相愛戀，後卻被賣給顯貴于頔。崔郊念念不忘。在一個寒食節，婢女偶爾外出與崔郊邂逅，崔郊百感交集，寫下了這首〈贈婢〉。此詩反映了封建社會裡因門第懸殊而造成的愛情悲劇。詩的寓意頗深，表現手法卻含而不露，怨而不怒，委婉曲折。

崔郊，唐代詩人。元和年間秀才，《全唐詩》中僅收錄其一首詩，即〈贈婢〉。

嘆花　〔唐〕杜牧

自是尋春去校遲，不須惆悵怨芳時。
狂風落盡深紅色，綠葉成陰子滿枝。

①自是：都怪自己。②校：即「較」，比較。

SIGHING OVER FALLEN FLOWERS
Du Mu

I regret to be late to seek for blooming spring;
The flowers not in full bloom in years past I've seen.
The strong wind blows down flowers which sway and swing,
The tree will be laden with red fruit and leaves green.

　　　　林深見鹿──最美的唐詩英譯新詮

只怪自己來得太晚，錯過了那麼美的春天，不必惆悵花開得太早，也無須埋怨那些花兒現在都去了哪裡。

雖然大風帶走了那麼多姹紫嫣紅的春色，但綠葉蔥鬱果實滿枝的時候快要到了。

此詩以尋芳比喻尋訪所愛之人，以花比喻女子，以綠葉成蔭、子滿枝頭比喻女子結婚生子，生動，含蓄，耐人尋味。另據唐宋人筆記小說中傳說，此詩為杜牧因錯過與一心儀女子的十年之約而作。

竹枝詞　〔唐〕劉禹錫

楊柳青青江水平，聞郎江上唱歌聲。
東邊日出西邊雨，道是無晴卻有晴。

BAMBOO BRANCH SONGS
Liu Yuxi

Between the green willows the river flows along;
My gallant in a boat is heard to sing a song.
The west is veiled in rain, the east enjoys sunshine,
My gallant is as deep in love as the day is fine.

春風起，楊柳青。一抹新綠輕劃過水平如鏡的江岸，美好得如一句久藏心底的話終於說了出來。

突然聽見江上傳來心上人的歌聲，那麼好聽，好想全世界的人此刻都聽不見。想飛奔上前，又怕自己不是他所思所念。

心上人的心思好難猜，就如東邊出著太陽西邊下著雨的天氣，說是晴天又有雨，說不是晴天分明又有晴。

此為詩人劉禹錫仿效民間歌謠的表現手法而寫的民歌體樂府詩，表達一位少女聽到情人的歌聲時乍疑乍喜的複雜心情。言語平實，詩意清新，情調淳樸。

竹枝詞　〔唐〕劉禹錫

山桃紅花滿上頭，蜀江春水拍山流。
花紅易衰似郎意，水流無限似儂愁。

BAMBOO BRANCH SONGS
Liu Yuxi

The mountain's red with peach blossoms above;
The shore is washed by spring waves below.
Red blossoms fade fast as my gallant's love;
The river like my sorrow will ever flow.

春天來了，山桃花熱情似火地開滿了山坡，蜀江的水輕柔地拍打著山岩繞山而流。

　　那盛開的山桃花多麼讓人歡喜，可惜就如同情郎的愛意轉瞬即逝。那江水綿綿不絕，多像我無盡的哀愁。

　　　　此為詩人劉禹錫仿效民間歌謠的表現手法而寫的民歌體樂府詩。描述一位深情女子在愛情受到挫折時的愁怨。

無題 〔唐〕李商隱

相見時難別亦難，東風無力百花殘。
春蠶到死絲方盡，蠟炬成灰淚始乾。
曉鏡但愁雲鬢改，夜吟應覺月光寒。
蓬山此去無多路，青鳥殷勤為探看。

TO ONE UNNAMED
Li Shangyin

It's difficult for us to meet and hard to part;
The east wind is too weak to revive flowers dead.
Spring silkworm till its death spins silk from love-sick heart;
A candle but when burned out has no tears to shed.
At dawn I'm grieved to think your mirrored hair turns grey;
At night you would feel cold while I croon by moonlight.
To the three fairy hills it is not a long way.
Would the blue birds oft fly to see you on the height?

想要見一面好難，見了面又要分開時更難，偏偏又是在這東風漸離花謝花飛的暮春時節，更讓人加倍傷感。

那春蠶在生命終止的那刻才算將絲吐盡，那蠟燭燃盡成灰時那眼淚似的燭油才算流乾。

女子晨起對鏡梳妝時只擔憂青絲成雪紅顏漸老，男子夜來無眠讀書時應該會感覺月色如霜歲月寒涼。

沒有一條路可通向想念的人住的地方，沒有車馬能帶我去見那個住在心裡的人，只能請青鳥替我捎封信，並代我去探望了。

傳說，詩人十五六歲時在玉陽山學道，其間曾與玉陽山靈都觀女道士宋華陽相識相戀。他後來所寫的以〈無題〉為題的六首詩，被譽為最美的無題詩，大多是抒寫這段戀情，此詩為其中之一。在悲傷、痛苦之中，也有對愛情的渴望和執著。

李商隱（約813-約858年），字義山，號玉溪（谿）生、樊南生，是晚唐最出色的詩人之一。祖籍河內（今河南省焦作市）沁陽，出生於鄭州滎陽。和杜牧合稱「小李杜」。其詩構思新奇，風格穠麗，尤其是一些愛情詩和無題詩寫得纏綿悱惻，優美動人，廣為傳誦，有《李義山詩集》。

錦瑟 〔唐〕李商隱

錦瑟無端五十弦，一弦一柱思華年。
莊生曉夢迷蝴蝶，望帝春心託杜鵑。
滄海月明珠有淚，藍田日暖玉生煙。
此情可待成追憶，只是當時已惘然。

THE SAD ZITHER
Li Shangyin

Why should the sad zither have fifty strings?
Each string, each strain evokes but vanished springs:
Dim morning dream to be a butterfly;
Amorous heart poured out in cuckoo's cry.
In moonlit pearls see tears in mermaid's eyes;
From sunburnt jade in Blue Field let smoke rise.
Such feeling cannot be recalled again;
It seemed lost even when it was felt then.

精美的瑟為什麼竟有五十根弦呢？輕攏慢拈抹復挑，每一弦每一音節都不由得讓人追憶逝去的美好年華。

　　莊周迷戀在夢裡化身翩翩起舞的蝴蝶，望帝將一片春心託付給了啼血的杜鵑。

　　滄海明月高懸，鮫人有淚才能成珠；藍田日光煦照，玉氣升騰才能見良玉生煙。

　　這悲歡離合之情為什麼要現在才追憶，只因為當時心裡一片茫然，不懂得珍惜，不懂得擁有。

　　　此詩是詩人李商隱的代表作之一。對〈錦瑟〉一詩的創作意旨歷來眾說紛紜，或以為是愛國之篇，或以為是悼念追懷亡妻之作，或以為是自傷身世、自比文才之論……莫衷一是，不妨見仁見智。

夜雨寄北　〔唐〕李商隱

君問歸期未有期，巴山夜雨漲秋池。
何當共剪西窗燭，卻話巴山夜雨時。

WRITTEN ON A RAINY NIGHT TO MY WIFE IN THE NORTH
Li Shangyin

You ask me when I can return, but I don't know;
It rains in western hills and autumn pools overflow.
When can we trim by window side the candlelight
And talk about the western hills in rainy night?

見字如面。

妳問我什麼時候回家，我真的無法告訴妳確切的歸期。此刻巴山的夜雨淅淅瀝瀝地下個不停，雨水漲滿了秋天的池塘。

我是那麼的想念妳，盼望著什麼時候能早點回到妳身邊，和妳一起坐在西窗下，一邊剪燭花一邊說話，然後我慢慢告訴妳此刻我聆聽巴山夜雨的心情……

此為詩人身居異鄉巴蜀時寫給遠在長安的妻子（或友人）的一首抒情七言絕句，是詩人給對方的回信。言淺意深，語短情長，令人百讀不厭。千百年來，始終被世人奉為經典。

嫦娥　〔唐〕李商隱

雲母屏風燭影深，長河漸落曉星沉。
嫦娥應悔偷靈藥，碧海青天夜夜心。

TO THE MOON GODDESS
Li Shangyin

Upon the marble screen the candlelight is winking;
The Silver River slants and morning stars are sinking.
You'd regret to have stolen the miraculous potion;
Each night you brood over the lonely celestial ocean.

夜已深。

雲母屏風上燭光的影子越來越濃，銀河漸漸隱沒，啓明星也慢慢下沉。

那月亮裡的嫦娥應該會後悔當初偷取讓自己長生不老的靈藥，落得個如今夜夜獨對碧海青天孤寂傷心。

看似描寫的是嫦娥在廣寒宮中孤寂的心情，卻表現了詩人自己的傷感之情。李商隱用神話人物嫦娥來比喻自己，道盡心事，可謂經典。

江樓月　〔唐〕白居易

嘉陵江曲曲江池，明月雖同人別離。
一宵光景潛相憶，兩地陰晴遠不知。
誰料江邊懷我夜，正當池畔望君時。
今朝共語方同悔，不解多情先寄詩。

THE MOON OVER THE RIVERSIDE TOWER
Bai Juyi

You stand by River Jialing, I by winding streams.
Though far apart, still we share the same bright moonbeams.
All night long I think of you and for you I pine,
For I am not sure if you see the same moon shine.
Who knows when by waterside I'm longing for you,
By nocturnal riverside you're missing me too?
When I receive your poem, I regret today:
Why did I not send mine to you so far away?

林深見鹿──最美的唐詩英譯新詮

月明之夜，遍地清輝，該是良辰美景人團圓的好時光，可偏偏一個人在嘉陵江邊，一個在曲江畔，雖然曬著同一個月亮，卻相隔很遠。

夜不能寐，思緒萬千，往日的歡樂時光重現眼前，可是嘉陵江和曲江兩地隔得那麼遠，不知道兩地是否真的陰晴與共。

誰能想到，你在江邊看著月亮想起我時，我正好在水邊盼望著你能到來。

如果早知如此，就該早點寄詩給你，讓你早點知道我的思念之情。

這是白居易給元稹的一首贈答詩，表達對友人深切的思念之情。

4

第四章
暮鼓晨鐘

MORNING BELLS AND
NIGHT DRUMS

月下獨酌　〔唐〕李白

花間一壺酒，獨酌無相親。
舉杯邀明月，對影成三人。
月既不解飲，影徒隨我身。
暫伴月將影，行樂須及春。
我歌月徘徊，我舞影零亂。
醒時同交歡，醉後各分散。
永結無情遊，相期邈雲漢。

DRINKING ALONE UNDER THE MOON
Li Bai

Among the flowers, from a pot of wine
I drink without a companion of mine.
I raise my cup to invite the Moon who blends
Her light with my Shadow and we're three friends.
The Moon does not know how to drink her share;
In vain my Shadow follows me here and there.
Together with them for the time I stay,
And make merry before spring's spent away.
I sing and the Moon lingers to hear my song;
My Shadow's a mess while I dance along.
Sober, we three remain cheerful and gay;
Drunken, we part and each may go his way.
Our friendship will outshine all earthly love;
Next time we'll meet beyond the stars above.

月下，花間。

燙了一壺好酒，可惜沒有可以一起把盞言歡的親友，只有自斟自飲。

舉杯邀請明月，和我的影子一起湊成三人。

可惜月亮不能理解飲酒的樂趣，影子也只會徒然跟隨我左右。

就暫且和月亮、影子相伴，不負春宵，及時行樂。

微醺中，我對著月亮吟誦詩歌，月亮也醉了似的跟著我在花前徘徊；我手舞足蹈，影子也陪著我步履蹣跚。

清醒時我們一起做快樂的事，酒醉後頭也不回地各自回家。

但願能許下永遠無憂無慮共遊的約定，說好下回我們天上見。

這首詩約作於唐玄宗天寶三年（744年），當時李白在長安，正處於官場失意之時。全詩筆觸細膩，構思奇特，表面看來，詩人自得其樂，可是深處卻是詩人懷才不遇的寂寞和孤傲。

黃鶴樓送孟浩然之廣陵　〔唐〕李白

故人西辭黃鶴樓，煙花三月下揚州。
孤帆遠影碧山盡，唯見長江天際流。

SEEING MENG HAORAN OFF AT YELLOW CRANE TOWER
Li Bai

My friend has left the west where the Yellow Crane towers
For River Town green with willows and red with flowers.
His lessening sail is lost in the boundless blue sky,
Where I see but the endless River rolling by.

揮揮手，送別故友，在黃鶴樓。他要順流而下，去柳絮如煙、花開似錦的揚州，去春和景明的江南三月。

眼看著友人乘坐的船孤零零地漸漸消失在遠方碧綠的山旁，只有長江不動聲色地一直在天邊滾滾奔流。

唐玄宗開元十八年（730年）三月，李白得知孟浩然要去廣陵（今江蘇揚州），便約孟浩然在江夏（今武漢市武昌區）相會。幾天後，孟浩然乘船東下，李白親自送到江邊，然後寫下了這首詩，表現的是一種充滿詩意、快樂的離別。

宣州謝朓樓餞別校書叔雲　〔唐〕李白

棄我去者，昨日之日不可留；

亂我心者，今日之日多煩憂。

長風萬里送秋雁，對此可以酣高樓。

蓬萊文章建安骨，中間小謝又清發。

俱懷逸興壯思飛，欲上青天攬明月。

抽刀斷水水更流，舉杯消愁愁更愁。

人生在世不稱意，明朝散髮弄扁舟。

①謝朓（ㄒㄧㄝˋ ㄊㄧㄠˇ）：人名。南朝齊人，字玄暉。少好學，有美名，
文章清麗，善草隸及五言詩，詩多描寫自然景物。世稱為「小謝」。
②校書（ㄐㄧㄠˋ ㄕㄨ）：即校書郎。職官名，專司典校書籍的官員。

FAREWELL TO UNCLE YUN, THE IMPERIAL LIBRARIAN, AT XIE TIAO'S PAVILION IN XUANZHOU
Li Bai

What left me yesterday Can be retained no more;

What troubles me today Is the times for which I feel sore.

In autumn wind for miles and miles the wild geese fly.

Let's drink, in face of this, in the pavilion high.

Your writing's forcible like ancient poets while

Mine is in Junior Xie's clear and spirited style.

Both of us have an ideal high;

We would reach the moon in the sky.

Cut running water with a sword, it will faster flow;

Drink wine to drown your sorrow, it will heavier grow.

If we despair of all human affairs,

Let us roam in a boat with loosened hairs!

離我而去的昨天已經不可能挽留了；

擾亂我心的今天再多煩惱也躲不過去。

看那長風吹了幾萬里送來一行行秋雁，此情此景值得在這高樓上開懷暢飲不醉不休。

您的文章風格頗具剛健遒勁的建安風骨，我的詩也有小謝的清新俊逸之風。

我們都是心懷豪情壯志，夢想著上天攬月摘星的人啊。

想要拿刀去切斷流水水流得更歡，想要舉起酒杯去消愁愁越消越愁。

人活在這塵世千般不如意，不如明天就披散了頭髮、布衣素履地駕一葉扁舟浪跡江湖。

此詩約作於天寶十二年（753年）。雖為送別詩，並不直言離別，而是重筆抒發詩人自己懷才不遇的激烈憤懣，和對光明世界的執著追求。全詩言語明朗樸素，韻味深長，達到了豪放與自然和諧統一的境界。

靜夜思　〔唐〕李白

床前明月光，疑是地上霜。
舉頭望明月，低頭思故鄉。

THOUGHTS ON A TRANQUIL NIGHT
Li Bai

Before my bed a pool of light
O can it be frost on the ground?
Looking up, I find the moon bright;
Bowing, in homesickness I'm drowned.

多麼安靜的夜晚，多麼明亮的月光。

那見著月亮的窗臺、石階、地上都如落了瑩白的霜，又美又憂傷。

總是這樣，不經意地抬頭看見一輪明月，忍不住埋頭想念遠方的故鄉。那裡始終酒暖湯沸，那裡始終鳥語花香。

此詩創作於唐玄宗開元十四年（726年）九月十五日的揚州旅舍，那年李白二十六歲。沒有精工華美的辭藻，只是用敘述的語氣，寫遠客思鄉之情，言語清新樸素，卻意味深長，耐人尋味。

聞官軍收河南河北　〔唐〕杜甫

劍外忽傳收薊北，初聞涕淚滿衣裳。
卻看妻子愁何在，漫捲詩書喜欲狂。
白日放歌須縱酒，青春作伴好還鄉。
即從巴峽穿巫峽，便下襄陽向洛陽。

RECAPTURE OF THE REGIONS NORTH AND SOUTH OF THE YELLOW RIVER
Du Fu

It's said the Northern Gate is recaptured of late;
When the news reach my ears, my gown is wet with tears.
Staring at my wife's face, of grief I find no trace;
Rolling up my verse books, my joy like madness looks.
Though I am white-haired, still I'd sing an drink my fill.
With verdure spring's aglow, it's time we homeward go.
We shall sail all the way through Three Gorges in a day.
Going down to Xiangyang, we'll come up to Luoyang.

劍門關外忽然傳來收復薊北的喜訊，剛聽到消息的那一刻驚喜得淚流滿面幾乎打濕了衣裳。

　　回頭再看妻兒哪還有什麼憂愁，欣喜若狂地胡亂捲起詩書收拾行囊準備馬上返回家鄉。

　　白天放聲高歌還要痛飲美酒，明媚的春光和家人作伴正好回家。

　　馬上啓程出發，從巴峽穿過巫峽，一直到襄陽再直奔洛陽。

　　此詩作於唐代宗廣德元年（763年）春天。持續八年之久的「安史之亂」宣告結束，杜甫當時正流落在四川，聽聞消息後欣喜若狂地寫下這首詩，被稱為杜甫「生平第一快詩」。

春望　〔唐〕杜甫

國破山河在，城春草木深。
感時花濺淚，恨別鳥驚心。
烽火連三月，家書抵萬金。
白頭搔更短，渾欲不勝簪。

Spring View
Du Fu

On war-torn land streams flow and mountains stand;
In vernal town grass and weeds are overgrown.
Grieved over the years, flowers make us shed tears;
Hating to part, hearing birds breaks our heart.
The beacon fire has gone higher and higher;
Words from household are worth their weight in gold.
I cannot bear to scratch my grizzled hair;
It grows too thin to hold a light hairpin.

春日，看長安。

國家不在了，山河依舊在。春天的長安城，草木一如既往的茂盛，卻聽不見多少喧譁的人聲、看不見幾個相約遊春的人。

傷感時局時看到花開也會淚流不止，傷心別離時聽到婉轉鳥鳴也會膽戰心驚。

戰場上的硝煙烽火已持續三個月了，很久都沒有親人的消息，一封家書珍貴得抵得上萬兩黃金。

日復一日，憂慮催白了頭，也使頭髮如落葉紛謝，幾乎快承受不住一根簪子的分量了。

此刻的春天啊，有多麼美好，就有多麼傷心。

唐玄宗天寶十四年（755年）十一月，安祿山起兵叛唐。唐肅宗至德二年（757年）春，身處淪陷區的杜甫目睹了長安城一片蕭條零落的景象，百感交集寫下了這首傳誦千古的名作。

登高　〔唐〕杜甫

風急天高猿嘯哀，渚清沙白鳥飛回。
無邊落木蕭蕭下，不盡長江滾滾來。
萬里悲秋常作客，百年多病獨登臺。
艱難苦恨繁霜鬢，潦倒新停濁酒杯。

On the Height
Du Fu

The wind so swift, the sky so wide, apes wail and cry;
Water so clear and beach so white, birds wheel and fly.
The boundless forest sheds its leaves shower by shower;
The endless river rolls its waves hour after hour.
A thousand miles from home, I'm grieved at autumn's plight;
Ill now and then for years, alone I'm on this height.
Living in times so hard, at frosted hair I pine;
Cast down by poverty, I have to give up wine.

獨上高臺，遙念故鄉。

已是秋天了。天高雲淡風急，遠遠地傳來猿的嘯啼哀鳴聲；水清洲綠沙白，回家的鳥兒在沙洲上低飛盤旋。

漫無邊際的落葉紛紛揚揚地飄落，奔流不息的長江水撲面滾滾而來。

年復一年在外漂泊的人啊，在秋天來臨時總是容易傷感，暮年的身軀已禁不起歲月的風寒，抱病站在這高臺上，思緒千迴百轉。

生活的艱難和心緒的憤懣早已催白了鬢髮，日子的困頓和身體的病痛也讓人不得已斷了對酒的念想。那些青絲裡的青春時光，那些酒杯裡的快意人生，一去不返……

此刻，明白了韶光易逝，明白了壯志難酬，明白了生命無常，又能怎樣？

> 此詩透過描繪登高所見空曠寂寥的長江秋景，傾訴了詩人長年漂泊、老病孤愁的複雜感情，慷慨激越、動人心弦，被譽為「七律之冠」。

江村　〔唐〕杜甫

清江一曲抱村流，長夏江村事事幽。
自去自來堂上燕，相親相近水中鷗。
老妻畫紙為棋局，稚子敲針作釣鉤。
但有故人供祿米，微軀此外更何求。

THE RIVERSIDE VILLAGE
Du Fu

See the clear river wind by the village and flow!
We pass the long summer by riverside with ease.
The swallows freely come in and freely out go.
The gulls on water snuggle each other as they please.
My wife draws lines on paper to make a chessboard;
My son bends a needle into a fishing hook.
Ill, I need only medicine I can afford.
What else do I want for myself in my humble nook?

一彎清澈的江水環抱著小小的村莊，一起靜靜流淌的還有嬉戲的魚兒、兩岸花樹在水裡的倒影，和靜謐溫馨的時光。

悠長的夏日裡，小村裡的一切都那麼清幽那麼安寧那麼讓人沉醉。

樑上的燕子自由自在地飛來飛去，水裡的白鷗親密地相偎相依。

樹蔭下，老伴微笑著在紙上畫著棋盤，年幼的兒子認真地在用一根針做釣魚的鉤子。

幸有老朋友照應生活所需，讓我過上了難得的享受天倫之樂的生活，我還有什麼奢求呢？

> 唐肅宗上元元年（760年）夏，杜甫在朋友的資助下，在四川成都郊外的浣花溪畔蓋了一間草堂，在飽經戰亂之苦後，生活暫時安寧，重新獲得了天倫之樂，此詩呈現了悠然自得的心情。

日暮 〔唐〕杜甫

牛羊下來久，各已閉柴門。
風月自清夜，江山非故園。
石泉流暗壁，草露滴秋根。
頭白燈明裡，何須花燼繁。

①花燼（ㄐㄧㄣˋ）：燈芯結花，民俗中有「預報喜兆」的說法。

AFTER SUNSET
Du Fu

The sheep and cattle come to rest,
All thatched gates closed east and west.
The gentle breeze and the moon bright
Remind me of homeland at night.
Among rocks flow fountains unseen;
Autumn drips dewdrops on grass green.
The candle brightens white-haired head.
Why should its flame blaze up so red?

日暮時分，牛羊緩緩回村歸廄，家家戶戶都陸續關好了柴門。村莊裡瀰漫著柴火燃燒和飯菜上桌的香。

　　月華如水，小風輕拂過每一個掌燈的屋簷。可是，這安寧祥和的夜晚、這美麗的山川都不是在自己的家園。

　　清冷的泉水從石壁上靜靜流過，微涼的秋露悄悄滴入草根。

　　明亮的燈光下，髮已如雪，韶光已逝，燈芯何必還頻繁結花報喜呢？

　　　　此詩作於唐代宗大曆二年（767年）秋。因居住的山村黃昏時分的寂靜祥和而生的喜悅，因人生遲暮而生的感慨，因故土難歸而生的悲哀，都瀰漫在作者精美傳神的景色描寫中，百轉千迴。

江南逢李龜年　〔唐〕杜甫

岐王宅裡尋常見，崔九堂前幾度聞。
正是江南好風景，落花時節又逢君。

COMING ACROSS A DISFAVORED COURT MUSICIAN ON THE SOUTHERN SHORE OF THE YANGTZE RIVER
Du Fu

How oft in princely mansions did we meet!
As oft in lordly halls I heard you sing.
Now the Southern scenery is most sweet,
But I meet you again in parting spring.

曾記得，岐王府的雅集上時常遇見，崔九堂的聚會裡幾番聽聞歌聲。

　眼前正趕上江南風景無限好，草木芳菲，落花繽紛，居然又與你相逢。

　　四句詩，一部唐玄宗盛衰史。二十八個字，從岐王宅裡、崔九堂前的「聞」歌，到落花江南的重「逢」，世境離亂，年華盛衰，人情聚散，承載了四十年滄桑巨變，所以，後人評「子美七絕，此為壓卷」。

秋詞 〔唐〕劉禹錫

自古逢秋悲寂寥，我言秋日勝春朝。
晴空一鶴排雲上，便引詩情到碧霄。

SONG OF AUTUMN
Liu Yuxi

Since olden days we feel in autumn sad and drear,
But I say spring cannot compete with autumn clear.
On a fine day a crane cleaves the clouds and soars high;
It leads the poet's lofty mind to azure sky.

自古以來人們每逢秋天都悲嘆蕭瑟淒涼，我卻覺得秋天的好遠遠勝過春天。

　　你看那秋日的晴空，被風熨得像明藍的緞子一樣，一隻雪白的仙鶴突然飛上了天，如同一首白色的詩寫在了一朵白雲的旁邊。

　　此詩一反過去文人悲秋的傳統，讚頌了秋天的美好，表現了作者奮發進取的豪情和豁達樂觀的情懷，堪稱佳作。

長安秋望　〔唐〕杜牧

樓倚霜樹外，鏡天無一毫。
南山與秋色，氣勢兩相高。

AUTUMN IN THE CAPITAL
Du Mu

The tower overlooks frosty trees;
Speckless is the mirror-like sky.
The South Mountain and autumn breeze;
Vie to be more sublime and high.

秋日，望長安。

樓閣輕倚在經霜的樹林外，鏡子一般明淨的天空沒有半點雲彩。澄淨，高遠，靜美。

遠遠的終南山峻拔入雲，似乎要和高遠無極的秋色互不相讓地爭個氣勢高低，爭個寥廓明淨。

像剛完成的一幅寫意畫。

是詩人寫給遠望中的長安秋色的一曲讚歌。寫出長安寥廓、明淨秋色的同時，也寫出了詩人的精神性格。

秋夕　〔唐〕杜牧

銀燭秋光冷畫屏，輕羅小扇撲流螢。
天階夜色涼如水，坐看牽牛織女星。

AN AUTUMN NIGHT
Du Mu

Autumn has chilled the painted screen in candlelight;
A palace maid uses a fan to catch fireflies.
The steps seem steeped in water when cold grows the night;
She sits to watch two stars in love meet in the skies.

擎一盞銀燭點亮秋天的夜晚，精美的畫屏在燭光裡顯得格外清冷。

　　拿一把絲綢小團扇在院子裡輕輕撲著忽閃忽閃的螢火蟲，撲慢了流光，撲慢了秋意。

　　累了，在沁涼的露天石階上坐下，看看遙遙相望的牽牛星和織女星，想想那美好而憂傷的愛情。

　　如水夜色，一寸寸漫過了青苔，漫過了鵝卵石小徑上的鞋印，漫過了空曠寂寥的等待……

　　此為一首宮怨詩，寫宮女清冷的生活和寂寞的心境，宛如工筆繪出的一幅宮闈幽怨圖。

清明　〔唐〕杜牧

清明時節雨紛紛，路上行人欲斷魂。
借問酒家何處有？牧童遙指杏花村。

THE MOURNING DAY
Du Mu

A drizzling rain falls like tears on the Mourning Day;
The mourner's heart is going to break on his way.
Where can a wineshop be found to drown his sad hours?
A cowherd points to a cot' mid apricot flowers.

清明的時候，總是會綿綿不絕地下雨，路上走的大都是行色匆匆趕著去掃墓的人，所有離散的思念都在這一天清晰地呈現，躲無可躲，失魂落魄。

這樣的日子，必須有一杯酒，遙祭故人，或慰藉自己。向牧童打聽哪裡有酒家，牧童笑而不語，轉身指向開滿杏花的小山村。

炊煙如雲輕歇在屋頂，酒香正在開了泥封的罈中裊裊起身……

此詩首見於南宋初年《錦繡萬花谷》，注明出唐詩。《江南通志》載：杜牧任池州刺史時，曾經過金陵杏花村飲酒，詩中杏花村指此。

此詩以極其通俗的言語，寫得自如至極，毫無經營造作之痕。音節和諧圓滿，景象清新生動，境界優美。

山行 〔唐〕杜牧

遠上寒山石徑斜，白雲深處有人家。
停車坐愛楓林晚，霜葉紅於二月花。

GOING UP THE HILL
Du Mu

I go by slanting stony path to the cold hill;
Where rise white cloudy, there appear cottages and bowers.
I stop my cab at maple woods to gaze my fill;
Frost-bitten leaves look redder than early spring flowers.

一條石頭小路斜斜地通向很遠的山頂，通向白雲繚繞，通向炊煙裊裊。

　　忍不住停下馬車，靜靜坐著獨享這楓林盡染的夜晚。見了霜的楓葉如雲錦如流霞，美過了二月所有的花。

　　一幅色彩絢爛、風格明麗的山林秋色圖。

楓橋夜泊　〔唐〕張繼

月落烏啼霜滿天，江楓漁火對愁眠。
姑蘇城外寒山寺，夜半鐘聲到客船。

MOORING BY MAPLE BRIDGE AT NIGHT
Zhang Ji

The crows at moonset cry, streaking the frosty sky;
Facing dim fishing boats neath maples, sad I lie.
Beyond the city wall, from Temple of Cold Hill
Bells break the ship-borne roamer's dream in midnight still.

月亮下山，烏鴉孤寒的叫聲霜一樣寒冷了夜晚，江邊的紅葉和江中的漁火都心懷愁緒而眠。

　半夜裡，蘇州城外寒山寺的鐘聲，被夜風一程接一程地傳遞到了清冷孤寂的客船。

　　　　　　　此詩細膩傳神地描述了一個客船夜泊者對江南秋夜的感受，有景有情有聲有色，還隱含著作者的羈旅之思、家國之憂。

　張繼（約715-約779年），字懿孫，漢族，襄州人（今湖北襄陽人）。唐代詩人，他的生平，僅知是天寶十二年（753年）的進士。為文不事雕琢，可惜流傳下來的不到五十首，《全唐詩》收錄一卷，然僅〈楓橋夜泊〉一首，已使其名留千古，而寒山寺也拜其所賜，成為遠近馳名的遊覽勝地。

落葉　〔隋〕孔紹安

早秋驚落葉，飄零似客心。
翻飛未肯下，猶言惜故林。

FALLING LEAVES
Kong Shaoan

In early autumn I'm sad to see falling leaves;
They're dreary like a roamer's heart that their fall grieves.
They twist and twirl as if struggling against the breeze;
I seem to hear them cry, "We will not leave our trees."

早秋，落葉飄飛如雪，令人驚心。落葉的飄零無依，多像在外漂泊的人的心情。

　　那離枝的樹葉翻飛盤旋久久不肯落地，似乎訴說著百般捨不得離開樹林的心情。

　　　　　此詩以描寫入秋落葉抒發作者身處他鄉的無奈和思歸懷鄉之情。

　　孔紹安（577-622年），越州山陰（今浙江紹興）人，少以文辭知名。有《孔紹安集》五十卷，已佚。《全唐詩》存詩七首。

寒食　〔唐〕韓翃

春城無處不飛花，寒食東風御柳斜。
日暮漢宮傳蠟燭，輕煙散入五侯家。

COLD FOOD DAY
Han Hong

There's nowhere in spring town but flowers fall from trees;
On Cold Food Day royal willows slant in east breeze.
At dusk the palace sends privileged candles red
To the five lordly mansions where wreaths of smoke spread.

春天的長安城處處落花飛舞，微寒的東風吹斜了御花園的柳樹。

黃昏時宮中傳出御賜的燭火，灑散的輕煙也只許徜徉在王侯人家的庭院中。

那些寒食節不能見光的煙火啊，都歇在了布衣人間的柴米油鹽中……

寒食是中國古代一個傳統節日，古人很重視這個節日，按風俗家家禁火，只吃現成食物，故名寒食。唐代制度，到清明這天，皇帝宣旨取榆柳之火賞賜近臣，以示皇恩。

韓翃（生卒年不詳），字君平，南陽（今河南南陽）人，唐代詩人，是「大曆十才子」之一，天寶十三年（754年）考中進士。建中年間，因作一首〈寒食〉而被唐德宗所賞識，晉升不斷，最終官至中書舍人。韓翃的詩筆法輕巧，寫景別致，在當時傳誦很廣泛。著有《韓君平詩集》，《全唐詩》錄其詩三卷。

登科後 〔唐〕孟郊

昔日齷齪不足誇，今朝放蕩思無涯。
春風得意馬蹄疾，一日看盡長安花。

①齷齪（ㄨㄛˋ ㄔㄨㄛˋ）：原意為骯髒，此指不如意的處境。

SUCCESSFUL AT THE CIVIL SERVICE EXAMINATIONS
Meng Jiao

Gone are all my past woes! What more have I to say?
My body and my mind enjoy their fill today.
Successful, faster runs my horse in vernal breeze;
I've seen within one day all flowers on the trees.

往日的不如意都如浮雲散去，從此過去的那些困頓坎坷不必再提。今日終於金榜題名，多麼自在歡欣。

在那春風浩蕩裡策馬揚鞭飛馳，一日間就看遍了長安城內的繁花似錦。

人生得意，須盡歡。

796年（唐貞元十二年），年屆四十六歲的孟郊又奉母命第三次赴京科考，終於進士及第。放榜之日，孟郊喜不自勝，當即寫下了生平第一首快詩〈登科後〉，表現出極度歡快的心情。此詩節奏輕快，一氣呵成，在「思苦奇澀」的孟詩中別具一格。

孟郊（751-814年），唐代詩人，字東野，湖州武康（今浙江德清）人，祖籍平昌（今山東臨邑東北），故友人時稱「平昌孟東野」。生性孤直，一生潦倒。蘇軾將其與賈島並稱為「郊寒島瘦」，有《孟東野詩集》。

天涯　〔唐〕李商隱

春日在天涯，天涯日又斜。
鶯啼如有淚，為濕最高花。

THE END OF THE SKY
Li Shangyin

Spring is far, far away,
Where the sun slants its ray.
If orioles have tear,
Wet highest flowers here!

最禁不得，春和日麗人在天涯，偏偏天涯又斜陽西下。

不停啼鳴的黃鶯啊，你如果有眼淚，請為我灑向樹梢頂上的花，那是走得最晚的花了。

李商隱的這首絕句，文字裡的畫面極美，意境裡的心緒極悲。一曲春天的挽歌，也是一曲人生的挽歌、時代的挽歌。

逢雪宿芙蓉山主人 〔唐〕劉長卿

日暮蒼山遠，天寒白屋貧。
柴門聞犬吠，風雪夜歸人。

SEEKING SHELTER IN LOTUS HILL ON A SNOWY NIGHT
Liu Changqing

At sunset hillside village seems far;
Cold and deserted the thatched cottages are.
At wicket gate a dog is heard to bark;
With wind and snow I come when night is dark.

藹藹暮色裡，青山漸隱愈覺路途遙遠，清貧簡陋的草屋更覺晚來風寒。

　漫漫風雪中，柴門外忽然犬吠聲起，披著一身雪花趕路的人終於回到家了。

　　　　　　　　此詩為劉長卿遭貶期間所寫。全詩用白描手法，言語樸實無華，格調清雅淡靜，卻具有悠遠的意境與無窮的韻味。

　劉長卿（約709-789年），字文房，宣城（今屬安徽）人，唐代天寶年間進士。其詩氣韻流暢，意境幽深，婉而多諷，以五言擅長，稱「五言長城」。有《劉隨州詩集》，詞存〈謫仙怨〉一首。

杳杳寒山道　〔唐〕寒山

杳杳寒山道，落落冷澗濱。
啾啾常有鳥，寂寂更無人。
淅淅風吹面，紛紛雪積身。
朝朝不見日，歲歲不知春。

①杳杳（一ㄠˇ 一ㄠˇ）：深遠、幽暗。

LONG, LONG THE PATHWAY TO COLD HILL
Han Shan

Long, long the pathway to Cold Hill;
Drear, drear the waterside so chill.
Chirp, chirp, I often hear the bird;
Mute, mute, nobody says a word.
Gust by gust winds caress my face;
Flake on flake snow covers all trace.
From day to day the sun won't swing;
From year to year I know no spring.

寒山道上多麼幽暗寂靜，澗水周圍多麼幽僻冷清。

小鳥們常來這裡，可惜沒有人聽見牠們歡快鳴叫的聲音。

冷風淅淅簌簌撲面而來，雪花紛紛揚揚灑落身上。

我在這裡天天見不到太陽，一年年地過著，也不知道春天什麼時候會來。

> 此詩寫詩人居住天台山寒岩時親眼所見的景致。使用大量疊字是此詩的特點，有一種特殊的音樂美。

寒山，唐代詩僧，又稱寒山子。傳為貞觀（唐太宗年號，627-649年）時人，一說大曆（唐代宗年號，766-799年）時人。隱居始豐（今浙江天臺）西之寒岩，與同樣於天台山國清寺修隱的豐干、拾得並稱「國清三隱」。其詩言語通俗，有鮮明的樂府民歌風，今存三百餘首，後人輯有《寒山子詩集》。

雪晴晚望　〔唐〕賈島

倚杖望晴雪，溪雲幾萬重。
樵人歸白屋，寒日卜危峰。
野火燒岡草，斷煙生石松。
卻回山寺路，聞打暮天鐘。

EVENING VIEW OF A SNOW SCENE
Jia Dao

Cane in hand, I gaze on fine snow;
Cloud on cloud spreads over the creek.
To snow-covered cots woodmen go;
The sun sets on the frowning peak.
In the wildfire burns the grass dried;
Mid rocks and pines smoke and mist rise.
Back to the temple by the hillside,
I hear bells ring in evening skies.

雪後初晴。

拄著手杖，出門去看雪。遠山近水都銀裝素裹，素潔如新，如與人間初見。

遠遠的溪水之上，被洗過似的白雲一層疊著一層，和地上的雪快綿延在一起了。

回家的樵夫像一根針慢慢縫合著山間積雪的縫隙，針腳樸拙，歸心似箭，終於回到了他頂著雪冠的草屋，而清冽的夕陽正緩慢地下山。

野火燒著了山上的蔓草，草木灰的氣息裡有炊煙的味道。霧靄徐徐升起，給冷峻的山石和古松平添了一抹溫柔、祥和。

我走在回寺廟的路上，耳邊傳來晚鐘的聲音，悠長而寂寥。

這首詩描繪了一幅寒寂的空山晚晴圖，詩境有聲有色，餘韻無窮。詩句淡筆勾勒，意象清冷峭僻，空曠寂寥。

江雪　〔唐〕柳宗元

千山鳥飛絕，萬徑人蹤滅。
孤舟蓑笠翁，獨釣寒江雪。

FISHING IN SNOW
Liu Zongyuan

From hill to hill no bird in flight;
From path to path no man in sight.
A lonely fisherman afloat
Is fishing snow in lonely boat.

大雪封藏了一切。

屋頂，村莊，山林，蔥翠的光陰……

所有山上的小鳥都飛得無影無蹤，所有的路上也不見半個行人，萬籟俱寂。

蒼茫天地間。

一位穿著蓑衣戴著斗笠的老人，在一葉孤舟上靜靜垂釣，一片風聲，一江好雪。

這首詩作於柳宗元謫居永州期間（805-815年），向讀者展示了這樣的畫面：天地之間一塵不染，萬籟無聲；漁翁性格孤傲，生活簡素。

回鄉偶書　〔唐〕賀知章

其一

少小離家老大回，鄉音無改鬢毛衰①。
兒童相見不相識，笑問客從何處來。

其二

離別家鄉歲月多，近來人事半消磨。
惟有門前鏡湖水，春風不改舊時波。

①衰（ㄘㄨㄟ）：減少、疏落。

HOME-COMING
He Zhizhang

(1)
I left home young and not till old do I come back,
Unchanged my accent, my hair no longer black.
The children whom I meet do not know who am I,
"Where do you come from, sir?" they ask with beaming eye.
(2)
Since I left my homeland so many years have passed;
So much has faded away and so little can last.
Only in Mirror Lake before my oldened door
The vernal wind still ripples waves now as before.

其一

很小的時候我就離開了家鄉，等到回來已是遲暮之年了。

那麼多年過去了，雖然我的鄉音依舊，可是兩鬢的青絲都已泛出了白霜。

家鄉的孩子見了我都不認識，熱情地笑問「客人你是從哪裡來的呀」。

我只能笑著笑著，慢慢低下頭……

其二

我離開家鄉的時間實在是太久了，回來發現從前的一切都已物是人非。

在熟悉的街巷穿行，如同一陣風徑自掠過，沒有一句重逢的寒暄，沒有一絲勾留的驚喜……

只有家門前鏡湖裡的那一汪碧水，依舊在春風裡蕩漾著和從前一樣的波光粼粼。

唐玄宗天寶三年（744年），八十六歲的賀知章辭去朝廷官職，告老返回故鄉越州永興（今浙江杭州蕭山）。人生易老，世事滄桑，他無限感慨地寫下了這組詩。

九月九日憶山東兄弟　〔唐〕王維

獨在異鄉為異客，每逢佳節倍思親。

遙知兄弟登高處，遍插茱萸少一人。

①茱萸（ㄓㄨ ㄩˊ）：為吳茱萸、食茱萸、山茱萸三種植物的通稱。舊時風俗於農曆九月九日折茱萸插頭，可以辟邪。

THINKING OF MY BROTHERS ON MOUNTAIN-CLIMBING DAY
Wang Wei

Alone, a lonely stranger in a foreign land.

I doubly pine for my kinsfolk on holiday.

I know my brothers would with dogwood spray in hand,

Climb up the mountain and miss me so far away.

一個人獨自漂泊在異鄉，每到節日時就會格外思念遠方的親人。

　　重陽節了，遙想故鄉的兄弟們都應該去登高望遠了，那滿山的草木馨香中，那滿目的蒼林浸染處，那身上插著茱萸的人群裡，就少了一個我……

　　　　詩人王維十七歲時的作品，是他的名篇之一。樸素自然的描述，遊子的思鄉懷親之情，躍然紙上。

送別 〔唐〕王維

下馬飲君酒，問君何所之？
君言不得意，歸臥南山陲。①
但去莫復問，白雲無盡時。

①陲（ㄔㄨㄟˊ）：靠邊界的地方。

AT PARTING
Wang Wei

Dismounted, I drink with you
And ask what you've in view.
"I can't do what I will;
So I'll do what I will;
I'll ask you no more, friend,
Let clouds drift without end!"

就算千里相送，也終有一別。

路遠，風寒，請你下馬喝杯酒暖暖吧，然後告訴我你要去哪裡。

你說生活諸般不如意，要回去隱居在終南山旁，竹籬茅舍，明月星光，梅香煮酒，花影烹茶……

去吧，聽從自己的內心，不必再為塵世的得失牽絆，你看那山中的白雲無窮無盡，那白雲的下面，也許就是我們都想要的與草木相濡以沫的自在生活。

這首詩寫送友人歸隱。詩人以問答的方式，既勸慰友人又對友人的歸隱生活流露出羨慕和嚮往之情。詞淺情深，意味深遠。

送友人　〔唐〕薛濤

水國蒹葭夜有霜，月寒山色共蒼蒼。
誰言千里自今夕，離夢杳如關塞長。

①蒹葭（ㄐㄧㄢ ㄐㄧㄚ）：荻草與蘆葦。

FAREWELL TO A FRIEND
Xue Tao

Waterside reeds are covered with hourfrost at night;
The green mountains are drowned in the cold blue
moonlight.
Who says a thousand miles will separate us today?
My dream will follow you though you are far away.

深秋的夜晚，微微的風吹低了水邊的蒹葭，在月光下泛著依稀熒光，宛如披上了一層薄霜，寒冷的月色與幽暗的山色渾然一體，寂寥而蒼茫。

誰說我們自今夜一別就相隔千里了？離別之後，我的心會跟隨著夢去到遙遠的邊塞，路有多長，夢就有多長……

此詩是唐代女詩人薛濤的代表作之一，是送別詩中的名篇。此詩隱含了《詩經》名篇〈秦風・蒹葭〉的意境。篇幅雖短，卻藏無限蘊藉、無數曲折。

薛濤（約768-約834年），唐代女詩人，字洪度，長安（今陝西西安）人。她聰慧貌美，八歲能詩，熟悉音律，多才多藝。薛濤和當時的著名詩人元稹、白居易都有過唱酬往來。她居住在成都浣花溪邊，自造桃紅色的小彩箋，用以寫詩。後人仿製，稱為「薛濤箋」。建吟詩樓於碧雞坊，在清幽的生活中度過晚年。有《錦江集》五卷，已失傳，《全唐詩》錄存其詩一卷。

出塞 〔唐〕王昌齡

秦時明月漢時關，萬里長征人未還。
但使龍城飛將在，不教胡馬度陰山。

ON THE FRONTIER
Wang Changling

The moon still shines on mountain passes as of yore.
How many guardsmen of the Great Wall are no more!
If the Flying General were still there in command,
No hostile steeds would have dared to invade our land.

秦漢時的明月，依舊照著綿延寂寥的邊關。萬里之遙，
戰事不斷，守邊禦敵征戰的人還沒回還。

如果龍城飛將軍李廣還在，絕對不會允許胡人的騎兵越
過陰山。

此詩是詩人赴西域時所作，體現慷慨激昂的
向上精神和克敵制勝的強烈自信，也反映了人
民的和平嚮往。明代詩人李攀龍推崇此詩為唐
人七絕的壓卷之作，楊慎編選唐人絕句，也列
它為第一。

王昌齡，唐代詩人。字少伯，京兆長安（今陝西西安）人，
一作太原（今屬陝西）人。開元十五年（727年）進士及第。《全
唐詩》對昌齡詩的評價是「緒密而思清」，他的七絕詩尤為出
色，甚至可與李白媲美，故被冠之以「七絕聖手」的名號。

芙蓉樓送辛漸　〔唐〕王昌齡

寒雨連江夜入吳，平明送客楚山孤。

洛陽親友如相問，一片冰心在玉壺。

①平明：天剛亮的時候。

FAREWELL TO XIN JIAN AT LOTUS TOWER
Wang Changling

A cold rain dissolved in East Stream invades the night;
At dawn you'll leave the lonely Southern hills in haze.
If my friends in the North should ask if I'm all right,
Tell them I'm free from blame as ice in crystal vase.

夜來，冷雨傾盆而至，將天空與江水連成了茫茫一片。

天亮送別友人，當他的背影消失在山路的盡頭，我獨自對著連綿空曠的青山感覺特別孤獨。

到了洛陽，如果有親朋好友問起我的消息，請轉告他們，我的心依然像珍藏在玉壺裡的冰一樣清澈晶瑩不染一絲風塵，我對他們的思念始終如故。

此詩大約作於天寶元年（742年）王昌齡赴任江寧（今南京）縣丞時。辛漸是王昌齡的朋友，大約是由潤州（今鎮江）渡江，取道揚州，北上洛陽。王昌齡可能陪他從江寧到潤州，此詩寫的是江邊送別友人時的心情。

送元二使安西　〔唐〕王維

渭城朝雨浥輕塵，客舍青青柳色新。
勸君更盡一杯酒，西出陽關無故人。

①浥（一ˋ）：潤濕、沾濕。

SEEING YUAN THE SECOND OFF
TO THE NORTHWEST FRONTIER
Wang Wei

No dust is raised on the road wet with morning rain;
The willows by the hotel look so fresh and green
I invite you to drink a cup of wine again;
West of the Sunny Pass no more friends will be seen.

清晨，春雨如絲，輕輕沾濕了渭城飛揚的風塵，驛館周圍的柳樹在雨中格外蔥鬱清新。

　　即將遠行的人啊，你再多喝一杯酒吧，向西出了陽關就再也不會有可以一起一醉方休的朋友了。

　　　　詩人到渭城送朋友元二出使西北邊疆時作的詩，後有樂人譜曲，名為《陽關三疊》。

送杜少府之任蜀州　〔唐〕王勃

城闕輔三秦，風煙望五津。
與君離別意，同是宦遊人。
海內存知己，天涯若比鄰。
無為在歧路，兒女共沾巾。

①城闕輔三秦：城闕，即城樓，指唐代京都長安城。輔，護衛。三秦，指長安城附近的關中之地，即現在的陝西省潼關以西一帶。此句為倒裝句，意思是三秦保護長安。②五津：指岷江的五個渡口，即白華津、萬里津、江首津、涉頭津、江南津，在此泛指蜀川。③無為：不必。

FAREWELL TO PREFECT DU
Wang Bo

You'll leave the town walled far and wide
For mist-veiled land by riverside.
I feel on parting sad and drear
For both of us are strangers here.
If you have friends who know your heart,
Distance cannot keep you apart.
At crossroads where we bid adieu,
Do not shed tears as women do!

登上城樓，看三秦之地護衛著巍峨雄偉的長安城，穿過風雲煙霧可以遙望蒼茫的蜀川。

與你離別心裡有萬千不捨，因為我們都是無奈地在宦海裡沉浮，為了一頂烏紗帽四處漂流的人。

雖然這世間人情涼薄，所幸有你。只要有你這麼一個意趣相投的知己在，哪怕是遠在天涯也如同近鄰。

分手的岔路口就在眼前了，可別像那小兒女似的淚流滿面地告別啊⋯⋯

此詩是作者在長安為送別到四川去做官的姓杜的少府寫的，詩中慰勉友人勿在離別之時悲哀，一改傳統送別詩傷感的情調，清新高遠，獨樹一幟，成了送別詩中的不世經典。

王勃（約649-676年），唐代詩人，字子安，絳州龍門（今山西河津）人。少時即顯露才華，與楊炯、盧照鄰、駱賓王以文辭齊名，並稱「初唐四傑」。其詩偏於描寫個人生活，也有少數抒發政治感慨、隱喻對豪門世族不滿之作，風格較為清新，但有些詩篇流於華豔。其散文〈滕王閣序〉廣為傳誦。

送東萊王學士無競　〔唐〕陳子昂

寶劍千金買，平生未許人。
懷君萬里別，持贈結交親。
孤松宜晚歲，眾木愛芳春。
已矣將何道，無令白髮新。

Parting Gift
Chen Zi'ang

This sword that cost me dear, to none would I confide.
Now you are to leave here, let it go by your side.
Trees delight in spring day; the pine loves wintry air,
What more need I to say, don't add to your grey hair!

我有一把價值千金的寶劍，一直以來都沒找到可以託付的人。

想到你馬上就要去萬里之外了，我要把寶劍送給你，讓它見證我們的友情。

只有敢和冰雪抗爭的孤傲的松樹配得上喜歡冬天，一般的草木都喜歡在春天爭奇鬥豔。

都這樣了，臨別再說點什麼呢，雖然生不逢時，你也千萬不能就此消沉，不能虛度了年華，不能徒然新添了白髮。

此詩作於詩人為摯友王無競送行，以千金寶劍相贈之時。

陳子昂（約661-702年），唐代文學家，初唐詩文革新人物之一。字伯玉，梓州射洪(今屬四川)人。其存詩共一百多首。

別董大 〔唐〕高適

千里黃雲白日曛①，北風吹雁雪紛紛。
莫愁前路無知己，天下誰人不識君。

①曛（ㄒㄩㄣ）：昏暗。

FAREWELL TO A LUTIST
Gao Shi

Yellow clouds spread for miles and miles have veiled the day;
The north wind blows down snow and wild geese fly away.
Fear not you've no admirers as you go along.
There is no connoisseur on earth but lovers your song.

已是黃昏，暮雲無邊。大雪紛紛揚揚，北風吹得歸雁舉翅難飛，找不到前行的方向。

此去雖是前路茫茫，不要擔心遇不到知己，這普天之下哪個不知道你啊。

唐玄宗天寶六年（747年）春天，吏部尚書房琯被貶出朝，門客琴師董庭蘭也離開長安。當年冬天，高適與董庭蘭短暫聚會於睢陽（故址在今河南省商丘市南），又各奔他方，寫了〈別董大〉二首，此為其一。此詩雖寫別離但一掃纏綿幽怨的老調，雄壯豪邁，堪與王勃「海內存知己，天涯若比鄰」的情境相媲美。

高適（約704-765年），唐代詩人。字達夫，渤海蓨（今河北景縣）人。邊塞詩與岑參齊名，並稱「高岑」，風格也大略相近，有《高常侍集》。

賦得古原草送別　〔唐〕白居易

離離原上草，一歲一枯榮。
野火燒不盡，春風吹又生。
遠芳侵古道，晴翠接荒城。
又送王孫去，萋萋滿別情。

①離離：繁盛的樣子。②遠芳：芳指野草濃郁的香氣，遠芳為遠處芬芳的野草。③晴翠：晴空下的野草。④萋萋（ㄑㄧ ㄑㄧ）：草木茂盛的樣子。

GRASS ON THE ANCIENT PLAIN IN FAREWELL TO A FRIEND
Bai Juyi

Wild grasses spread over ancient plain;
With spring and fall they come and go.
Fire tries to burn them up in vain;
They rise again when spring winds blow.
Their fragrance overruns the way;
Their green invades the ruined town.
To see my friend going away,
My sorrow grows like grass overgrown.

　　　　林深見鹿──最美的唐詩英譯新詮

春天的原野上，遍地芳草如綠水漫溢。

一年又一年，野草一次次彎腰謝幕，又一次次喜悅亮相。就算被野火帶走了所有的顏色，又會在春風裡帶著裝滿深綠淺綠的妝奩盛大歸來。

看那陽光下，遠來的青青草色瞬間湮沒了古道的荒涼，也讓一座荒城轉眼恢復了青蔥翠碧的模樣。

在這麼美好的季節，卻又要送別老友，離愁別緒如同這野草，綿延不絕。

此詩寫於788年（唐德宗貞元三年），是作者十六歲時的應考習作。詩中透過對古原上野草的描繪，抒發送別友人時的依依惜別之情。是詩人白居易的成名作，也是傳之千古的經典作品。

買花　〔唐〕白居易

帝城春欲暮，喧喧車馬度。
共道牡丹時，相隨買花去。
貴賤無常價，酬直看花數。
灼灼百朵紅，戔戔五束素。
上張幄幕庇，旁織笆籬護。
水灑復泥封，移來色如故。
家家習為俗，人人迷不悟。
有一田舍翁，偶來買花處。
低頭獨長嘆，此嘆無人喻。
一叢深色花，十戶中人賦。

①戔戔（ㄐㄧㄢ ㄐㄧㄢ）：微細，一說「積聚貌」。

　　　　　　林深見鹿──最美的唐詩英譯新詮

Buying Flowers

Bai Juyi

The capital's in parting spring,
Steeds run and neigh and cab bells ring.
Peonies are at their best hours
And people rush to buy the flowers.
They do not care about the price,
Just count and buy those which seem nice.
For hundred blossoms dazzling red,
Twenty-five rolls of silk they spread.
Sheltered above by curtains wide,
Protected with fences by the side,
Roots sealed with mud, with water sprayed,
Removed, their beauty does not fade.
Accustomed to this way for long,
No family e'er thinks it wrong.
What's the old peasant doing there?·
Why should he come to Flower Fair?
Head bowed, he utters sigh on sigh,
And nobody understands why.
A bunch of deep-red peonies,
Costs taxes of ten families.

買花

暮春時節，長安城裡車馬熙熙攘攘。

都說正是牡丹盛開的好時節，國色天香封城，城裡的人都紛紛結伴相攜去買花。

春意任性，花價無常，以花的品種、數量論價，也可能以花的心情論價……

一百朵鮮豔欲滴的紅牡丹有時抵得上五綑素緞的價值。

為牡丹花張起遮風擋雨的帷幕，再圍起禁止入內摘花的籬笆。

又為喜歡的花枝灑上水、花根封好泥，接著移入自己的花園。被精心呵護的花株雖長途跋涉而來，花色仍鮮活依舊。

城裡的家家戶戶都以年年伺候牡丹花事為習俗，人人都沉迷其間，妙不可言。

有一位老農偶然來到城裡買花的地方，不禁低頭長嘆，可惜沒有人懂得他的心思。

他想的是，長安的貴人們買這麼一叢顏色豔麗的花，居然要花相當於他們那裡十戶中等人家所繳納的賦稅啊。

此詩作於唐憲宗元和五年（810年）前後，是白居易創作的組詩〈秦中吟〉十首中的第十首。此詩透過描寫長安貴族買牡丹花的場面，揭露當時上層統治者奢侈豪華的奢靡生活，具有較深的社會意義。

過酒家 (節選)　〔唐〕王績

此日長昏飲，非關養性靈。
眼看人盡醉，何忍獨為醒。

The Wineshop
Wang Ji

Drinking wine all day long, I won't keep my mind sane.
Seeing the drunken throng, should I sober remain?

這些日子一直與酒相伴，天天昏昏沉沉，不知冷暖，不覺晝夜，也忘了時光流逝，但這和修身養性實在一點關係都沒有。

只是一眼看去世人皆醉，實在不忍心我一個人獨自清醒著。

王績身處隋末衰亂之際，從人盡醉世事昏亂國將敗之預感中產生了切膚之痛，因此不忍獨醒求醉。此詩是遁世語，亦是憤世語。

5

有風如北

第五章

A COLD WIND
FROM THE NORTH

柳　〔唐〕李商隱

曾逐東風拂舞筵，樂遊春苑斷腸天。
如何肯到清秋日，已帶斜陽又帶蟬。

To the Willow Tree
Li Shangyin

Having caressed the dancers in the vernal breeze,
You're ravished amid the merry-making trees.
How can you wail until clear autumn days are done,
To shrill like poor cicadas in the setting sun?

你曾經追逐東風，如翠袖綠裙的女子在宴席上舞姿翩躚，而人們在樂遊原中遊玩，那時正是繁花似錦的銷魂春日。

　　怎麼等到淒清寂寥的秋天來了，已是夕陽斜照，秋蟬哀鳴的景象？

　　　　　　　此詩約作於大中五年（851年），詩人借詠柳自傷遲暮，傾訴隱衷。

蟬　〔唐〕李商隱

本以高難飽，徒勞恨費聲。

五更疏欲斷，一樹碧無情。

薄宦梗猶泛，故園蕪已平。

煩君最相警，我亦舉家清。

TO THE CICADA
Li Shangyin

High, you can't eat your fill; in vain you wail and trill.

At dawn you hush your song; the tree is green for long.

I drift as water flows; and waste my garden grows.

Thank you for warning due, I am as poor as you.

蟬棲身高枝才難以飽腹，雖悲鳴不停卻無人同情。

蟬徹夜嘶鳴，五更之後，叫聲稀疏欲絕，可那些樹青蔥碧綠始終無動於衷。

我官職卑微到處漂泊，家鄉的田園早已荒蕪了。

多勞你以鳴叫提醒了我，我一家人的生活也和你一樣清貧。

該詩借蟬棲高飲露的個性來表現自己雖仕途不順卻堅守清高之志，是託物詠懷的佳作。

落花　〔唐〕李商隱

高閣客竟去，小園花亂飛。
參差連曲陌，迢遞送斜輝。
腸斷未忍掃，眼穿仍欲稀。
芳心向春盡，所得是沾衣。

FALLING FLOWERS
Li Shangyin

The guest has left my tower high, my garden flowers pell-
mell fly.
Here and there over the winding way, they say goodbye to
parting day.
I won't sweep them with broken heart, but wish they would
not fall apart.
Their love with spring won't disappear, each dewdrop turns
into a tear.

高閣上的遊客競相離去，小園裡的春花隨之亂飛著繽紛凋零。看落花飄拂著、花影錯落著連接了曲折的小徑，看落花在遠處無盡無休、連綿不絕地飛舞著送別夕陽。

　　我肝腸欲斷一地落花不忍心掃去一瓣，我望眼欲穿盼得春來卻無法留住春。花朵一往情深地點綴了春天，一片芳心最終還是落得愴然涕下、淚濕衣襟。

　　詩人於唐武宗會昌六年閒居永樂期間所作。透過對自然中花葉飄落的傷春惜花之情，表達了詩人素懷壯志，不見用於世的感慨。

霜月　〔唐〕李商隱

初聞征雁已無蟬，百尺樓高水接天。
青女素娥俱耐冷，月中霜裡鬥嬋娟。

FROST AND MOON
Li Shangyin

No cicadas trill when I first hear wild geese cry;
The high tower overlooks water blending with the sky.
The Moon Goddess and her Maid of Frost are cold-proof;
They vie in beauty in moonlight over frosty roof.

秋深了。

聽到征雁的驚寒之聲時已聽不到聒噪的蟬鳴，登上百尺高樓，看霜月交輝、夜空如水，天地間一片澄澈空明。

掌管霜雪的青女和月宮裡的嫦娥都是耐寒的冰肌玉骨，天愈冷愈顯霧鬢風鬟之美，月中霜裡猶在比較誰比誰更美好。

詩人在深秋月夜登樓遠眺後所寫。將靜景活寫，栩栩然呈現了霜月交輝的唯美景象，同時也反映了詩人在混濁的現實環境裡追求美好、嚮往光明的深切渴望。

垂柳　〔唐〕唐彥謙

絆惹春風別有情，世間誰敢鬥輕盈。
楚王江畔無端種，餓損纖腰學不成。

THE WEEPING WILLOW
Tang Yanqian

Flirting with vernal breeze, the willow sways so tender.
Who in the world can vie with it but the waist slender?
It is planted at random by the riverside.
How many maids fond of its leaves of hunger died?

風情萬種地撩逗得春風魂不守舍的柳枝，這世間還有誰敢和它比腰細，誰能和它比輕盈呢？

江畔的垂柳本是楚王隨意栽種，並無特別理由的無心之舉，可楚王宮中的嬪妃宮女們，以為楚王喜歡腰細的女子，為了讓自己腰細如柳，寧願忍飢挨餓甚至餓死。

晚唐朝政腐敗，大臣以競相窺測皇帝意向為能，極盡逢迎諂媚之能事。詩人對此深惡痛絕，遂寫此詩。含蓄而深刻。

唐彥謙（?-893年），唐代詩人，字茂業，號鹿門先生，并州晉陽（今太原）人。博學多藝，擅長五言古詩。晚年隱居鹿門山，專事著述，有《鹿門集》三卷傳世。

楊柳枝詞　〔唐〕白居易

一樹春風千萬枝，嫩於金色軟於絲。
永豐西角荒園裡，盡日無人屬阿誰？

Song of Willow Branch
Bai Juyi

A tree of million branches sways in breeze of spring,
More tender, more soft than golden silk string by string.
But in west corner of a garden in decay,
Who would come to admire its beauty all the day?

一樹春風輕拂，千萬條柳枝起舞。柳葉初綻的柳枝有著比金色嫩一些的容顏，還有比絲帶還柔韌的腰身，說不盡的秀色照人，看不夠的裊娜動人。

　永豐西角的荒園，整日都沒有人來，這美麗而寂寞的柳樹到底屬於誰或是等著誰呢？

　　　　　　　白居易此詩約作於西元會昌三年至五年之間。此詩將詠物和寓意融在一起，全詩明白曉暢，有如民歌，加以描寫生動傳神，當時就「遍流京都」。

惜牡丹花　〔唐〕白居易

惆悵階前紅牡丹，晚來唯有兩枝殘。
明朝風起應吹盡，夜惜衰紅把火看。

①衰紅：枯萎的花。

THE LAST LOOK AT THE PEONIES AT NIGHT
Bai Juyi

I'm saddened by the courtyard peonies brilliant red,
At dusk only two of them are left on their bed.
I am afraid they can't survive the morning blast,
By lantern light I take a look at the long, long last.

階前漸漸凋零的紅牡丹，傍晚時只剩了兩枝殘花了，多麼讓人惆悵。

　　想到明天起風時所有的花都將吹去無蹤，心生憐惜的我忍不住夜裡舉著火把來到花前，完成告別和相約。

　　　　詩人借寫夜晚秉燭或執火賞花，表達了對翰林院中牡丹的厚愛，以及因為花期將過、春天將逝而戀戀不捨、無限惋惜的複雜心情。

大林寺桃花　〔唐〕白居易

人間四月芳菲盡，山寺桃花始盛開。

長恨春歸無覓處，不知轉入此中來。

PEACH BLOSSOMS IN THE TEMPLE OF GREAT FOREST

Bai Juyi

All flowers in late spring have fallen far and wide,
But peach blossoms are full-blown on this mountainside.
I oft regret spring's gone without leaving its trace;
I do not know it's come up to adorn this place.

四月，世間的花朵都已紛紛謝幕退場，深山古寺的桃花才剛剛粉墨登場。

正為春天離席無處尋覓而惆悵不已，卻不知它已悄悄轉場到這裡來了。

此詩作於唐憲宗元和十二年（817年）四月。白居易時任江州（今江西九江）司馬，年四十六歲。在江州（今九江）廬山上大林寺時即興吟成的一首七絕，立意新穎，構思巧妙，趣味橫生，是唐人絕句中一首珍品。

白雲泉　〔唐〕白居易

天平山上白雲泉，雲自無心水自閒。
何必奔衝山下去，更添波浪向人間！

WHITE CLOUD FOUNTAIN
Bai Juyi

Behold the White Cloud Fountain on the sky-blue
Mountain!
White clouds enjoy pleasure while water enjoys leisure.
Why should the torrent dash down from the mountain high
And overflow the human world with waves far and nigh?

去天平山上看白雲泉，白雲自在舒卷無牽無掛，泉水自由奔流從容自得，多麼令人嚮往的愜意時光。

　　泉水何必非要急急沖下山去呢，給多事的人間又徒增了新的波瀾。

　　　　此詩寫於白居易任蘇州刺史任內，他以雲水的逍遙自由比喻恬淡的胸懷與閒適的心情，表達了詩人渴望能早日擺脫世俗的嚮往。

早梅　〔唐〕齊己

萬木凍欲折，孤根暖獨回。
前村深雪裡，昨夜一枝開。
風遞幽香出，禽窺素豔來。
明年如應律，先發望春臺。

To the Early Mume Blossoms
Qi Ji

Frozen are all the trees; Your warm root will not freeze.
In the village's deep snow Last night your branch did blow.
Fragrance oozed in wind light; Birds peep at you still white.
If you blossom next year, You will foretell spring's near.

經受不住嚴寒，萬千樹木都快凍折了枝幹，唯有梅樹的根似乎能從地下取暖重生。

白雪深掩的小村，昨夜悄悄開了一枝梅花。只有我看見了，這突然而至的猝不及防的美麗。

微風將梅花的幽香悄悄傳遞，鳥兒偷偷來看梅花素雅冷豔的樣子。

明年梅花如果還能按時不約而來，希望它先開到很多人都可以看見的望春臺去。

詩人從小家貧，一邊放牛一邊讀書。後被寺院長老發現會吟詩作賦，收進寺裡做了和尚。據說，一年冬天，他雪後出行，看到早梅開放、鳥兒翩躚，驚豔之餘寫下了這首詩。

齊己（約863-約937年），唐代僧人，著名詩人。俗名胡得生，唐潭州益陽（今湖南寧鄉）人。出家後棲居衡嶽東林，自號「衡嶽沙門」。有《白蓮集》，存詩十卷。

牡丹　〔唐〕薛濤

去春零落暮春時，淚濕紅箋怨別離。
常恐便同巫峽散，因何重有武陵期？
傳情每向馨香得，不語還應彼此知。
只欲欄邊安枕席，夜深閒共說相思。

TO THE PEONY FLOWER
Xue Tao

Petal by petal you fell in late spring last year;
Since you are gone, my paper's wet with tear on tear.
I am afraid you'd vanish like cloud in a dream.
How can I wish to see you on Peach Blossom Stream?
Your fragrance sweet reveals you have a loving heart;
Your silence shows we know each other far apart.
By the side of your balustrade I'd only sleep;
To tell you how I long for you when night is deep.

去年牡丹花謝，正是暮春時節。我怨恨別離的眼淚啊，落在牡丹花瓣上，打濕了我心愛的深紅小箋。

常常擔心就此離別會像那傳說裡的巫山雲雨一樣不復相見，怎麼會突然重新有了像武陵人那樣的相逢？

花以馨香傳情，人以信義相知。不需要說話就彼此明白，需要彼此擁有懂得和默契。

只想在那牡丹花的圍欄邊安置枕席，待到夜深，與花共眠，互訴相思。

此詩是薛濤為元稹所作。唐憲宗元和四年（809年）春，時任監察御史的元稹奉命出使蜀地，與薛濤作詩酬答，相互傾心，遂為知己。相別時，薛濤作〈牡丹〉詩贈元稹歸京。

菊　〔唐〕鄭谷

王孫莫把比蓬蒿，九日枝枝近鬢毛。
露濕秋香滿池岸，由來不羨瓦松高。

TO THE CHRYSANTHEMUM
Zheng Gu

Do not compare your leaves with tumbleweed in hue!
On Mountain-climbing Day our head's adorned with you.
When poolside shores are sweet with your blooms wet with dew,
None envy pine-like plants high on the eaves in view.

王孫公子們千萬別把菊苗認作了野生的蓬蒿草，雖然它們長得有點像。到了九月九日重陽節，登高的人們賞菊、飲酒、佩茱萸，再把一枝枝菊花插在鬢髮間，就知道菊苗有多美好了。

秋天的早上，露水讓菊花更潤澤更芬芳，冷香漫過了池岸，漫過了山崗，也漫過了城池村莊。因此啊，菊花從來就不羨慕瓦簷上的瓦松有多高。

題為菊，卻通篇不見一個菊字，但句句寫菊。作者賦予菊不求高位、不慕榮利的高潔氣質，寄寓著作者的高尚品格。

鄭谷（約851-910年），唐朝末期著名詩人。字守愚，漢族，江西宜春市袁州區人，以〈鷓鴣詩〉得名。其詩多寫景詠物之作，表現士大夫的閒情逸致。風格清新通俗，但流於淺率。原有集，已散佚，存《雲臺編》。

海棠 〔唐〕鄭谷

春風用意勻顏色，銷得攜觴與賦詩。
穠麗最宜新著雨，嬌嬈全在欲開時。
莫愁粉黛臨窗懶，梁廣丹青點筆遲。
朝醉暮吟看不足，羨他蝴蝶宿深枝。

①莫愁：相傳為戰國時的美麗女子。②梁廣：唐末畫家，擅長畫海棠。

To the Crabapple Flower
Zheng Gu

The vernal breeze has brightened your color so fine;
You stir my mind to write a verse before good wine.
With rain impearled on you, more beautiful you grow;
You' re all the more bewitching when about to blow.
The fair forgets to powder her face before you;
The painter hesitates to draw your picture new.
Nor verse nor wine's enough to show delight in me;
I envy butterflies perching deep in your tree.

一定是春風特意為海棠調製了國色天香的顏色，惹得詩人為之銷魂為之小酌為之賦詩。

　　嬌妍豔麗最宜帶著雨滴看，楚楚動人。海棠妖嬈多姿都在將開欲開時，欲拒還迎。

　　莫愁驚豔於海棠的美麗倚著窗邊懶於梳妝，梁廣為海棠的嬌豔遲遲不肯動筆。

　　整日為海棠流連忘返、如痴如醉怎麼都看不夠，甚至羨慕蝴蝶能睡在海棠花間。

　　　詩人抽絲剝繭般層層推進地描寫了海棠的美，是一首詠海棠的佳作。

鷓鴣 〔唐〕鄭谷

暖戲煙蕪錦翼齊，品流應得近山雞。
雨昏青草湖邊過，花落黃陵廟裡啼。
遊子乍聞征袖濕，佳人才唱翠眉低。
相呼相應湘江闊，苦竹叢深日向西。

①鷓鴣（ㄓㄜˋ ㄍㄨ）：鳥名。

To the Partridges
Zheng Gu

Over warm misty grassland wing to wing you fly.
As fair and good as pheasants in the mountain high.
When Grass-green Lake is darkened in rain, you pass by;
When flowers fall on the Imperial Tomb, you cry.
A roamer would wet his sleeves with tears on hearing your song;
His wife'd sing after you with lowered eyebrows long.
You echo each other on Southern River wide;
The sun sets on the bamboo grove by the Tombside.

暖暖的日子，山嵐瀰漫的幽靜處，鷓鴣在嬉戲。牠絢麗的羽毛、高雅的風致與美麗的山雞多麼相似。

　　煙雨黃昏時，牠從青草湖邊悵然飛過。花落滿地時，牠在黃陵廟裡愁苦悲啼。

　　一聽到鷓鴣的鳴叫，遊子的淚水不知不覺就濕了衣袖。剛開口唱〈山鷓鴣〉相思曲，女子就黯然蹙眉傷心。

　　湘江寬闊，鷓鴣聲聲此起彼伏。夕陽西下，鷓鴣飛入苦竹深處。

　　此詩借描繪鷓鴣表達遊子強烈的思歸之情。詩人緊緊把握人和鷓鴣在感情上的聯繫，使人和鷓鴣融為一體，構思精妙縝密，詩名借此遠播，人稱「鄭鷓鴣」。

白蓮 〔唐〕陸龜蒙

素蘤多蒙別豔欺，此花端合在瑤池。
無情有恨何人覺？月曉風清欲墮時。

①蘤（ㄏㄨㄚ）：同「花」。②端合：應當、應該。③墮：凋謝。

WHITE LOTUS
Lu Guimeng

White lotus blooms are often outweighed by red flowers;
They'd rather be transplanted before lunar bowers.
Heartless they seem, but they have deep grief no one knows.
See them fall in moonlight when the morning wind blows.

素雅的花經常會被豔麗的花所欺，我想像白蓮花這樣冰清玉潔的花就應該生長在傳說中的瑤池裡，才不會與俗世的脂粉格格不入，才不會在人間的風塵裡沉淪。

白蓮花夏日凌波獨立看似無情，秋日黯然凋零看似有恨。無情也好有恨也罷，又有誰知道誰在乎呢？月明風清天欲曉時，正是美麗孤寂的白蓮花花瓣將要墜落的時候。

此詩寫白蓮，但沒有對白蓮作具體描繪，而是抓住白蓮顏色的特點，暗喻潔身自好的人，表現了封建時代知識分子的孤芳自賞、懷才不遇的心理。

陸龜蒙，唐代文學家。字魯望，姑蘇（今江蘇蘇州）人。其詩以寫景詠物為多。有《甫里集》二十卷傳世，《全唐詩》錄存其詩十四卷。

菊花　〔唐〕元稹

秋叢繞舍似陶家，遍繞籬邊日漸斜。
不是花中偏愛菊，此花開盡更無花。

CHRYSANTHEMUMS
Yuan Zhen

Around the cottage like Tao's autumn flowers grow;
Along the hedge I stroll until the sun slants low.
Not that I favor partially the chrysanthemum,
But it is the last flower after which none will bloom.

被叢叢秋菊圍繞，被清雅菊香簇擁，這房子多像陶淵明的家。跟著籬笆繞屋賞菊，不知不覺太陽就快落山了。

不是我特別偏愛菊花，而是這菊花是最後的花事了。菊花謝後，再也無花可賞。

詩人於貞元十二年（西元807年）作於長安。雖然寫的是詠菊這個尋常的題材，但用筆巧妙，別具一格。詩人獨特的愛菊理由新穎自然，不落俗套。

題菊花　〔唐〕黃巢

颯颯西風滿院栽，蕊寒香冷蝶難來。
他年我若為青帝，報與桃花一處開。

TO THE CHRISANTHEMUM
Huang Chao

In soughing western wind you blossom far and nigh;
Your fragrance is too cold to invite butterfly.
Some day if I as Lord of Spring come into power,
I'd order you to bloom together with peach flower.

秋風颯颯，滿院菊花傲霜開放。那花蕊散發著幽冷細微的香，可惜怕冷的蝴蝶難以到來。

有朝一日我如果能成為掌管春天時令的司春之神，一定要讓菊花和桃花一起在美好的春天綻放，讓蝴蝶和蜜蜂也都在場。

此詩為唐末農民起義領袖黃巢所作。作者託物言志，抒發了力圖主宰社會的豪邁思想，其不同凡響之處在於它展開了充滿浪漫主義激情的大膽想像。此詩當作於黃巢年輕時發動起義之前。

黃巢（820-884年），曹州冤句（今山東菏澤西南）人，唐末農民起義領袖。出身鹽商家庭，善於騎射，粗通筆墨，卻屢試不第，曾兵進長安稱帝，《全唐詩》錄其三首七言詩。

小松　〔唐〕杜荀鶴

自小刺頭深草裡，而今漸覺出蓬蒿。
時人不識凌雲木，直待凌雲始道高。

①刺頭：長滿松針的小松樹。②蓬蒿（ㄆㄥˊㄍㄠ）：指野草。

THE YOUNG PINE
Du Xunhe

While young, the pine tree thrusts its head amid tall grass;
Now by and by we find it outgrow weed in mass.
People don't realize it will grow to scrape the sky;
Seeing it tower in cloud, then they know it's high.

很少有人注意到松樹小的時候就長在野草深處，現在才感覺到它是從草叢中挺身而出，才感覺它和野草的不同。

總有那麼一些目光短淺的人，當時不識得有凌雲之志的樹木，直到它已經高聳入雲了才會後知後覺地跟風贊同。

詩人出身寒微，雖然年輕時就才華畢露，還是報國無門，一生潦倒，就如埋沒深草裡的「小松」。詩人由此創作此詩抒發自己的憤懣之情。

杜荀鶴（846-904年），晚唐現實主義詩人。字彥之，號九華山人，池州石埭（今安徽石臺）人，相傳為杜牧出妾之子。出身寒微，屢試不第。他提倡詩歌要繼承風雅傳統，反對浮華，其詩言語通俗、風格清新，後人稱「杜荀鶴體」。部分作品反映唐末軍閥混戰局面下的社會矛盾和人民的悲慘遭遇，當時較突出，宮詞也很有名，有《唐風集》。

感遇　〔唐〕陳子昂

蘭若生春夏，芊蔚何青青！
幽獨空林色，朱蕤冒紫莖。
遲遲白日晚，嫋嫋秋風生。
歲華盡搖落，芳意竟何成？

①蘭若：兩種花卉，即蘭花和杜若。②芊蔚：草木茂盛。③朱蕤（ㄓㄨ ㄖㄨㄟˊ）：紅色的花。蕤泛指草木所垂結的花。④冒：覆蓋。

THE ORCHID
Chen Zi'ang

In late spring grows the orchid good,
How luxuriant are its leaves green!
Alone it adorns empty wood,
With red blooms and violet stems lean.
Slowly, slowly shortens the day;
Rippling, rippling blows autumn breeze.
By the year's end it fades away.
What has become of it fragrance, please?

蘭花和杜若生於春夏，枝葉多麼繁茂蔥鬱。

它們的幽雅清秀讓林中所有的草木都黯然失色，紅色的花朵矜持地覆蓋著紫色的花莖。

夏日將近，白天漸短，慢慢地起秋風了。花朵凋零，年華流逝，美好的心願究竟如何才能實現？

此詩是詩人所寫的以感慨身世及時政為主旨的三十八首〈感遇〉詩中的第二首，詩中以香蘭、杜若自喻，透露出自己報國無門、壯志難酬的苦悶，抒發了芳華易失、時不我待的感慨。

詠蟬　〔唐〕駱賓王

西陸蟬聲唱，南冠客思深。
不堪玄鬢影，來對白頭吟。
露重飛難進，風多響易沉。
無人信高潔，誰為表予心？

①西陸：指秋天。②南冠：楚冠，此為囚徒的意思。③白頭吟：樂
府曲名，用以表達自己正當玄鬢之年，卻來默誦〈白頭吟〉那樣哀
怨的詩句。

THE CICADA
Luo Binwang

Of autumn the cicada sings; in prison I'm worn out with
care.
How can I bear its blue black wings; which remind me of
my grey hair?
Heavy with dew it cannot fly; drowned in the wind, its
song's not heard
Who would believe its spirit high;·could I express my grief
in word?

秋蟬不停歇地唱著，勾起了我這個囚徒的萬千愁思。真的忍受不了牠扇動烏黑的翅膀，對著我的滿頭白髮無休無止地悲鳴。

秋露一天天的重了，那蟬就算有翅膀也難以高飛了。秋風越來越猛了，很容易就把蟬聲淹沒了。

有誰能相信蟬棲高飲露品行高潔？又有誰能看見我的報國誠心，為我這個無辜身陷囹圄之人昭雪沉冤？

此詩寫於唐高宗儀鳳三年（678年），是駱賓王因上疏論事觸忤武則天遭誣下獄時的身陷囹圄之作。作者歌詠蟬的高潔品行，以蟬比興，以蟬寓己，是詠物詩中的名作。

駱賓王（約619-687年），唐代文學家，字觀光，婺州義烏（今屬浙江）人。曾隨徐敬業起兵反對武則天，作〈討武曌檄〉，兵敗後不知所終，或說被殺，或說為僧。他與王勃、楊炯、盧照鄰以詩文齊名，為「初唐四傑」之一，有《駱賓王文集》。

詠鵝　〔唐〕駱賓王

鵝鵝鵝，曲項向天歌。
白毛浮綠水，紅掌撥清波。

O GREESE
Luo Bingwang

O greese, O greese, O greese!
You crane your neck and sing to sky your song sweet.
Your white feathers float on green water with ease.
You swim through clear waters with your red-webbed feet.

鵝！鵝！鵝！

長長的脖子斜伸著對天唱歌。

雪白的羽毛如雲朵輕浮在翠綠的水面上。

紅紅的腳掌輕輕撥碎一池鏡子般清澈平靜的水波。

　　駱賓王於七歲時所寫，據說是家中來客有意試試年少聰慧的駱賓王，指著池塘裡的鵝要他以鵝作詩，駱賓王略略思索便創作了此詩。詩中聽覺與視覺、靜態與動態、音聲與色彩完美結合，鵝的形神活靈活現。

子規　〔唐〕吳融

舉國繁華委逝川，羽毛飄蕩一年年。

他山叫處花成血，舊苑春來卓似煙。

雨暗不離濃綠樹，月斜長吊欲明天。

湘江日暮聲淒切，愁殺行人歸去船。

①子規：杜鵑鳥的別名。

TO THE CUCKOO
Wu Rong

You see your splendor gone with the wind disappear;

You waft with resplendent feather from year to year.

Your tears have dyed the flowers red in alien hill;

But when spring comes to your garden, grass looks green still.

Among the leaves, trees dark in rain long you stay;

At moonset you wail and wait for the dawning day.

On Southern River you sadden the setting sun.

Why should you drown in grief the boat of roaming son?

杜鵑將繁華的故國付諸了逝去的東流水，除了一身羽毛什麼也不帶，孑然一身，年復一年，四處飄蕩。

　　牠在異鄉傷心欲絕地啼血鳴叫，滿山的花都被染成了血紅色，而春天的故園，不悲不喜，草木兀自茂盛，翠色瀰漫如煙。

　　下雨時天色再昏暗牠也不離開，藏在綠樹叢中哀啼；月亮斜落時牠也不走，迎著新的曙光悲鳴。日日，夜夜，天天，年年……

　　特別是天色漸晚，牠在湘江邊一聲聲淒涼長鳴，讓路過的行人和來來去去的船上旅人聽得愁腸百結，悲不能已。

　　　　舊時有蜀國國王失國身死，魂魄化身杜鵑悲啼的傳說。作者借這首詠杜鵑的詩，抒發了他仕途失意而又遠離故鄉的痛苦心情。

　　吳融（850-903年），唐末詩人，字子華，越州山陰（今浙江紹興縣）人。

早雁　〔唐〕杜牧

金河秋半虜弦開，雲外驚飛四散哀。

仙掌月明孤影過，長門燈暗數聲來。

須知胡騎紛紛在，豈逐春風一一回？

莫厭瀟湘少人處，水多菰米岸莓苔。

①虜弦開：指回鶻人南侵。②仙掌：指長安建章宮內銅鑄仙人舉掌托起承露盤。③菰（ㄍㄨ）：同「菇」。④莓苔：綠苔。

TO THE EARLY WILD GEESE
Du Mu

The foe shoot arrows on frontier in autumn day;
The startled grieved wild geese disperse and fly away.
The statue sees their shadows pass beneath the moon bright;
The lonely palace hears their cries in candlelight.
You know the foe would run their horses therefore long.
Could you go back one and all when spring sings its song?
Don't say few live on Southern rivers up and down!
With water plants the Southern shores are overgrown.

 林深見鹿——最美的唐詩英譯新詮

八月，北方邊地的回鶻士兵彎弓射箭，天上的大雁被驚
嚇得四散潰逃哀鳴連連。

孤雁的影子掠過被月光照亮的承露仙掌，孤雁的哀鳴傳
到昏暗的長門宮前。

要知道北方正戰事頻仍，大雁們怎麼可能追隨著春風
一一回歸家園？

不要嫌棄瀟湘一帶人煙稀少，這裡水中野生的菰米綠苔
足以讓大雁免受飢寒。

唐武宗會昌二年（842 年）八月，北方回鶻
族南侵，引起邊民紛紛逃亡。杜牧時任黃州
（今湖北黃岡）刺史，聞此憂之，寫下此詩。
通篇採用比興象徵手法，表面上似乎句句寫
雁，實際上句句寫時事。風格婉曲細膩，清麗
含蓄，為杜牧詩中別開生面之作。

燕子來舟中作　〔唐〕杜甫

湖南為客動經春，燕子銜泥兩度新。
舊入故園嘗識主，如今社日遠看人。
可憐處處巢居室，何異飄飄託此身。
暫語船檣還起去，穿花貼水益沾巾。

①社日：古代祭祀社神的日子，立春後第五個戊日為春社，立秋後第五戊日為秋社（春分、秋分前後）。②檣（ㄑㄧㄤˊ）：船的桅杆。

TO THE SWALLOW COMING TO MY BOAT
Du Fu

Another spring in boat I stay; again swallows peck clods of clay.
You know me in my native land; now gazing from afar you stand.
Ah, here and there you build your nest; now and again I find no rest.
You greet me and then leave the mast; my tears stream down to see you past.

又見燕子。

自從漂泊到這洞庭湖以南客居，不知不覺又過了一個春天了，燕子也是第二次在這裡銜泥築巢了。

燕子啊燕子，以前你每次回到我的故園都記得我。如今春社之日在船上相見，你卻遠遠地看著我，猶疑著不敢靠近。

可憐你居無定所，處處在別人的屋檐下築巢為家，這和我浮萍般顛沛流離到處尋找安身之地有什麼區別呢？

你在桅杆上暫時對著我呢喃叮嚀，終究還是要飛身離去。你似乎不捨地繞船盤桓，貼水低飛，終於穿花飛去的樣子讓我更加傷心。

> 此詩是作者漂泊動蕩生活裡的憂思，看似詠燕，實是慨嘆身世茫茫，也是杜甫生命即將走到盡頭的一篇詩作，已經淡去了早些年強烈的政治意味，而瀰漫著蕭索、蒼涼的身世之慨。

歸雁 〔唐〕錢起

瀟湘何事等閒回？水碧沙明兩岸苔。

二十五弦彈夜月，不勝清怨卻飛來。

①二十五弦：指瑟，因瑟有二十五弦。②勝（ㄕㄥ）：承受。

TO THE NORTH-FLYING WILD GEESE
Qian Qi

Why won't you stay on Southern River any more?
Why leave its water clear, sand bright and mossy shore?
You cannot bear the grief revealed in the moonlight
By the Princess' twenty-five strings, so you take flight.

大雁啊，瀟湘那裡有什麼過不去的事讓你輕易決定離開？那裡沙灘明淨，兩岸水草豐美，環境安寧祥和，多麼適合生活的地方。

是不是湘水女神在月夜鼓瑟，瑟聲太過淒婉，大雁你實在聽不下去了，只好回來。

此詩是唐代詩人錢起所作。詩人上任後長期客居北方，看見南方歸來的大雁，觸動情懷，於是寫下了這首〈歸雁〉。

錢起（約722-780年），字仲文，吳興（今浙江湖州市）人，唐代詩人。唐天寶十年（751年）進士，大書法家懷素和尚之叔，被譽為「大曆十才子之冠」。錢起的詩多為贈別之作，與社會現實相距較遠，但具有較高的藝術性。風格清空閒雅，尤長於寫景，為大曆詩風的傑出代表，著有《錢考功集》。

隋宮燕　〔唐〕李益

燕語如傷舊國春，宮花旋落已成塵。
自從一閉風光後，幾度飛來不見人。

Swallows in the Ruined Palace
Li Yi

The swallows' twitter seems to grieve over the lost spring;
To dust have returned palace flowers on the wing.
Since the overthrown dynasty closed its splendid scene,
They have come many times but nobody is seen.

昔日的隋朝行宮，燕子在屋簷間一邊銜泥築巢一邊呢喃聲聲，似乎在傷感曾經的隋朝的春天盛景。那宮裡的花兒寂寞地開了，又無聲無息地凋落成泥。

　　自從亡國後，鎖上了風光無限的隋朝行宮，燕子很多次飛來都沒有看見有人在宮裡出現了。那些衣香鬢影，那些歌舞禮樂，恍如一夢。

　　　　此詩描述的是隋宮前的春燕呢喃，抒發的卻是詩人對世間滄桑的嘆息及對隋王朝的衰亡之感。

　　李益（748-829年），唐代詩人。字君虞，隴西姑臧（今甘肅武威）人。大曆四年（769年）進士，自編從軍詩五十首。

蟬　〔唐〕虞世南

垂緌飲清露，流響出疏桐。
居高聲自遠，非是藉秋風。

①緌（ロㄨㄟˊ）：古時帽帶散垂下來的部分。

To The Cicada
Yu Shinan

Though rising high, you drink but dew;
Yet your voice flows from sparse plane trees.
Far and wide there's none but hears you;
You need no wings of autumn breeze.

蟬垂著帽纓般的觸角吸吮著清甜的露水，疏朗的梧桐樹林裡蟬鳴聲連綿不絕地傳出。

　　蟬是因為自己身在高處聲音才傳得遠，並非是靠著秋風助力相送。

　　　　全詩簡練傳神，比興巧妙，以秋蟬高潔傲世的品格自況，耐人尋味。

　　虞世南（558－638年），唐代詩人、書法家。字伯施，餘姚人。他作為唐朝貞觀年間畫像懸掛在凌煙閣的二十四勳臣之一，名聲在於博學多能、高潔耿介，與唐太宗談論歷代帝王為政得失，能夠直言善諫，為貞觀之治做出獨特貢獻。唐太宗稱其有德行、忠直、博學、文辭、書翰五絕。傳世墨跡有碑刻《孔子廟堂碑》、《破邪論》等，書法理論著作有《筆髓論》、《書旨述》。另有詩文集十卷行於世，今存《虞秘監集》四卷。

蜂 〔唐〕羅隱

不論平地與山尖，無限風光盡被占。
採得百花成蜜後，為誰辛苦為誰甜？

To the Bee
Luo Yin

On the plain or atop the hill,
Of beauty you enjoy your fill.
You gather honey from flowers sweet.
For whom are you busy and fleet?

無論是平地還是山頂，只要是有鮮花盛開的地方，都會被辛勤的蜜蜂甜蜜占領。

　　但誰又知道，蜜蜂們採盡百花釀成了蜂蜜後，到底是為誰忙忙碌碌，又為了讓誰甜甜蜜蜜呢？

　　看似寫蜜蜂，其實是表達了對辛勤耕作的勞動人民的讚美與對不勞而獲者的痛恨和不滿。

　　羅隱（833-910年），字昭諫，新城（今浙江富陽市新登鎮）人，唐代詩人。著有《讒書》及《太平兩同書》等，思想屬於道家。

雲　〔唐〕來鵠

千形萬象竟還空，映水藏山片復重。
無限旱苗枯欲盡，悠悠閒處作奇峰。

①鵠（ㄏㄨˊ）：鳥名，俗稱天鵝。②竟：終究。③還（ㄏㄨㄢˊ）：恢復、回復。④無限：無數。⑤作奇峰：雲聳立猶如奇異的山峰。

To the Cloud
Lai Hu

You have a thousand shapes in flakes or piles in vain;
Hidden in mountains or on water you remain.
The drought is so severe that all seedlings would die.
Why won't you come down but leisurely tower high?

那雲在天上千姿百態地幻變著折騰好久，最後竟一滴雨都沒下，讓滿心盼雨的心都落了空。那些雲啊，時而纖薄一片，時而重重疊疊，時而映入水中，時而藏入山裡。

　　一邊是無數旱苗因缺水而奄奄一息，亟盼甘霖；一邊是悠閒的雲在天上事不關己地千變萬化，不問蒼生。

　　　　　　　　古代詩歌中詠雲的名句很多，但用勞動者的
　　　　　　　眼光、情感來觀察、描繪雲的，卻幾乎沒有，
　　　　　　　來鵠算是個意外。

　　來鵠（?-883年），豫章（在今江西省南昌附近）人。其詩多描寫旅居愁苦的生活，也有表現民間疾苦的作品，《全唐詩》收錄其詩一卷。

詠風　〔唐〕王勃

蕭蕭涼風生，加我林壑清。
驅煙尋澗戶，卷霧出山楹。
去來固無跡，動息如有情。
日落山水靜，為君起松聲。

①蕭蕭：迅速。②加：給予。③林壑：樹林和山溝。④山楹：指山間的房屋。楹（一ㄥˊ）：廳堂前的柱子。⑤固：本來。⑥動息：活動與休息。

THE BREEZE
Wang Bo

Soughing, the cool breeze blows; My wooded dell clean
grows.
It drives smoke off the rill, Rolls up mist over the hill,
Leaves no trace when we part, And moves as if moved at
heart.
When sunset calms the scene, Hear the song of pines green!

涼風習習，山谷裡、樹林間頓時一片清涼靜謐。

　　風兒驅散了山澗上的煙雲才能找到人家，風兒捲起山間的霧靄才能看見房屋。

　　來無影去無蹤的風，從來不留痕跡，可它吹動草木的樣子似乎滿含深情，欲語還休。

　　當太陽西下，山水俱寂，風兒啊又在松林間輕輕掠過，推推搡搡間，響起一片此起彼伏的松濤聲。

　　　　此詩以風喻人，借風詠懷，讚美風的高尚品格和勤奮精神，抒寫了詩人普濟天下蒼生的情懷。全詩立意新穎，構思奇巧。不僅是王勃詠物詩的代表作，也是歷代詠風詩中的佳作。

觀祈雨　〔唐〕李約

桑條無葉土生煙，簫管迎龍水廟前。
朱門幾處看歌舞，猶恐春陰咽管弦。

PRAYING FOR RAIN
Li Yue

No leaves sprout from mulberry trees on drought-scorched
earth;
Flutes and pipes are played to evoke the Rain God's mirth.
But the rich see dances and hear songstresses sing;
They only fear rain clouds would damage their lute string.

好久沒有下雨了，桑樹枝條上都光光的長不出葉子，地上乾得塵土飛揚，像在冒煙一樣。龍王廟前，為天旱所苦的人們簫管齊鳴地祈求普降甘霖、潤澤萬物，祈求給人間一個風調雨順的好年景。

　　而富貴人家卻依舊家家錦衣玉食處處歌舞昇平，還擔心陰雨的春天會使樂器受潮發不出清亮悅耳的聲音。

　　一首憫農詩，寫觀看春日祈雨的感慨。透過對久旱無雨時兩種不同生活的描繪，反映了作者對豪門荒淫生活的無比憤慨，以及對農民苦難生活的深切同情。全詩言語含蓄，風格委婉。

　　李約，字在博，一作存博，唐朝詩人。鄭王元懿玄孫，有畫癖，善畫梅。

鳴箏　〔唐〕李端

鳴箏金粟柱，素手玉房前。
欲得周郎顧，時時誤拂弦。

THE GOLDEN ZITHER
Li Duan

How clear the golden zither rings
When her fair fingers touch its strings.
To draw attention of her lord,
Now and then she strikes a discord.

你聽金粟軸的古箏發出多麼美妙的聲音，你看撥弦女子的纖纖素手輕擱在玉製的箏枕上多麼美麗。

為了引起周郎的注意贏得他的顧盼，她故意時不時地撥錯弦。只是這美麗的錯誤啊，不知能否等來美麗的遇見。

此詩是唐代詩人李端所作，描寫一位彈箏女子為了引起所愛慕的人的注意，故意將弦撥錯，甚是可愛。

李端（約743-782年），字正己，趙州（今河北省趙縣）人，大曆中進士。任祕書省校書郎，官至杭州司馬。李端才思敏捷，工於詩作，又長於弈棋，為「大曆十才子」之一。喜作律體，有《李端詩集》。

憫農（一、二）　〔唐〕李紳

其一

春種一粒粟，秋收萬顆子。

四海無閒田，農夫猶餓死。

其二

鋤禾日當午，汗滴禾下土。

誰知盤中飧，粒粒皆辛苦？

①飧（ㄙㄨㄣ）：煮熟的飯菜。

THE PEASANTS
Li Shen

(1)

Each seed when sown in spring, will make autumn yields high.

What will fertile fields bring? Of hunger peasants die.

(2)

At noon they weed with hoes; their sweat drips on the soil.

Each bowl of rice, who knows? Is the fruit of hard toil.

其一

春風裡撒下一粒種子，秋天時就可以收穫很多糧食。

天下幾乎沒有一塊空閒棄耕的田，種田的農夫卻依然有缺糧活活餓死的。

其二

為禾苗鋤草時正好是太陽很猛的正午，臉上的汗水一滴滴掉進泥土裡。

誰能知道這盤裡的飯，每一粒都來自農夫的辛勤勞動，每一顆都來自農夫的辛苦汗水。

> 這組詩反映了中國封建時代農民終年辛勤勞動卻食不果腹的生存狀態，表達了詩人對農民真摯的同情之心。詩風簡樸厚重，語言通俗質樸。

李紳（772-846年），亳州（今屬安徽）人，生於烏程（今浙江湖州），長於潤州無錫（今屬江蘇），字公垂。三十五歲考中進士，補國子助教。與元稹、白居易來往甚密，是在文學史上產生過巨大影響的新樂府運動的參與者。作有〈樂府新題〉二十首，已佚。著有〈憫農〉詩兩首，膾炙人口，婦孺皆知，千古傳誦，《全唐詩》存其詩四卷。

劍客　〔唐〕賈島

十年磨一劍，霜刃未曾試。
今日把示君，誰有不平事。

A Swordsman
Jia Dao

I've sharpened my sword for ten years;
I do not know if it will pierce.
I show its blade to you today.
O who has any grievance? Say!

十年的光陰，十年的錘煉，終於打磨了一把好劍。劍刃如霜，寒光畢現，不過還沒真正試過鋒芒。

今天我把它拿出來展示給你看，就是想讓你知道，如果誰有不平之事，你可以告訴我，我一定會仗劍幫人討回公道。

這首詩思想與藝術結合得自然而巧妙，全詩情感奔放，氣勢充沛。詩人以劍客的口吻，著力刻畫「劍」與「劍客」的形象，託物言志，抒發了興利除弊、實現政治抱負的豪情壯志。

遊子吟　〔唐〕孟郊

慈母手中線，遊子身上衣。
臨行密密縫，意恐遲遲歸。
誰言寸草心，報得三春輝。

SONG OF THE PARTING SON
Meng Jiao

From the threads a mother's hand weaves,
A gown for parting son is made.
Sown stitch by stitch before he leaves,
For fear his return be delayed.
Such kindness as young grass receives,
From the warm sun can't be repaid.

慈母用一針一線，為即將遠行的孩子縫製衣裳。

孩子臨行前還在不停地密密縫針，一針叮嚀，一針擔憂，一針不捨，一針憧憬……

就怕孩子在外面待久了，衣服會不夠結實；就怕孩子回來晚了，衣服會不夠禦寒。

誰敢保證，兒女微如草芥的孝心，能報答得了像春光一樣浩蕩無私的母愛呢？

採用白描的手法，透過回憶一個看似平常的臨行前縫衣的場景，歌頌了母愛的偉大與無私。此詩情感真摯自然，淳樸素淡的言語中蘊含著濃郁醇美的詩味，千百年來廣為傳誦。

孟郊（751-814年），唐代詩人。字東野。湖州武康（今浙江德清）人。少年時隱居嵩山。近五十歲才中進士，與韓愈交誼頗深。其詩感傷自己的遭遇，多寒苦之音。與賈島齊名，有「郊寒島瘦」之稱，有《孟東野詩集》。

6

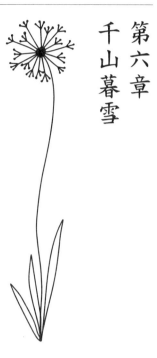

第六章

千山暮雪

THOUSANDS OF MILES
OF MOUNTAINS
AND RIVERS ARE FAR AWAY,
AND THE SNOW IS SHINING
IN THE DUSK.

將進酒　〔唐〕李白

君不見，黃河之水天上來，奔流到海不復回。

君不見，高堂明鏡悲白髮，朝如青絲暮成雪。

人生得意須盡歡，莫使金樽空對月。

天生我材必有用，千金散盡還復來。

烹羊宰牛且為樂，會須一飲三百杯。

岑夫子，丹丘生，將進酒，杯莫停。

與君歌一曲，請君為我傾耳聽。

鐘鼓饌玉不足貴，但願長醉不復醒。

古來聖賢皆寂寞，惟有飲者留其名。

陳王昔時宴平樂，斗酒十千恣歡謔。

主人何為言少錢，徑須沽取對君酌。

五花馬，千金裘，呼兒將出換美酒，

與爾同銷萬古愁。

①金樽：形容精美的酒器。樽（ㄗㄨㄣ）：酒器。②饌玉：形容食物如玉般精緻。饌（ㄓㄨㄢˋ）：泛指酒食菜餚。

INVITATION TO WINE
Li Bai

Do you not see the Yellow River come from the sky,
Rushing into the sea and ne'er come back?
Do you not see the mirrors bright in chambers high,
Grieve o'er your snow-white hair though once it was silk-
black?
When hopes are won, oh! Drink your fill in high delight,
And never leave your wine-cup empty in moonlight!
Heaven has made us talents, we're not made in vain.
A thousand gold coins spent, more will turn up again.
Kill a cow, cook a sheep and let us merry be,
And drink three hundred cupfuls of wine in high glee!
Dear friends of mine, Cheer up, cheer up! I invite you to
wine.
Do not put down your cup!
I will sing you a song, please hear, O hear! Lend me a willing
ear!
What difference will rare and costly dishes make?·
I only want to get drunk and never to wake.
How many great men were forgotten through the ages?·
But great drinkers are more famous than sober sages.
The Prince of Poets feast'd in his palace at will,
Drank wine at ten thousand a cask and laughed his fill.
A host should not complain of money he is short,
To drink with you I will sell things of any sort.
My fur coat worth a thousand coins of gold;
And my flower-dappled horse may be sold;
To buy good wine that we may drown the woes age-old.

將進酒

你難道沒有看見，那黃河的水從遠遠的天邊滾滾而來，一路不曾片刻停歇，徑自奔流入海，永遠不再回頭。

你難道沒有發現，陽光照亮屋內的鏡子時，也照亮了鏡前人的蒼蒼白髮，明明早上還是一頭如雲輕綰的黑髮，到了晚上已是滿肩髮白如雪了。

人生得意的時候，一定要痛痛快快地盡情歡樂；皎潔的明月掛在天上時，千萬不要讓金酒杯白白空著。

如同時光終歸留不住，美好的東西也都轉瞬即逝。功名啊歡情啊，惜取要趁青春時，不要等風吹過去了才徒勞地想起要追。

相信上天把我安排在這世間一定有它的用處，相信那被我千金一擲散盡的黃金也一定會以另一種方式重新回來。

姑且煮羊宰牛好好享受當下的快樂，就算喝個三百杯又如何。

岑夫子，丹丘生，斟滿酒啊，舉起杯，不要停。

我要為你們唱一曲，千載難逢的唯一一次，請你們好好聽。

鐘鳴鼎食的富貴生活我並不在乎，可我在乎的好像永遠不會來了，那我寧願在酒裡沉醉不醒。

自古以來聖賢之人大多是自甘寂寞的人，大智若愚也悄無聲息，好像只有那縱情善飲的人留下了傳世之名。

　　想當年陳王曹植在平樂觀設宴，他們一斗美酒一萬錢地恣意開懷暢飲，多麼豪邁快活！

　　主人你怎麼能說錢已不多了呢，你儘管拿酒出來讓我和朋友喝個痛快。

　　什麼名貴難得的五花馬，什麼價值千金的裘皮衣，只管全都拿去換成美酒，我要與你一醉方休，讓那所有的憂愁在酒裡如浮雲過客從此不再相逢，讓那所有的失意在醉裡如冰雪消融從此了無行蹤。

　　　　　一般認為此詩是李白於天寶年間離京後，漫遊梁、宋，與友人岑勛、元丹丘相會時所作。詩人借題發揮，借酒澆愁，抒發自己的憤激情緒。全詩篇幅不算長，卻五音繁會，氣象不凡。它筆酣墨飽，情極悲憤而作狂放，語極豪縱而又沉著，具有很強的感染力。

行路難　〔唐〕李白

金樽清酒斗十千，玉盤珍饈直萬錢。
停杯投箸不能食，拔劍四顧心茫然。
欲渡黃河冰塞川，將登太行雪滿山。
閒來垂釣碧溪上，忽復乘舟夢日邊。
行路難！行路難！多歧路，今安在？
長風破浪會有時，直掛雲帆濟滄海。

HARD IS THE WAY OF THE WORLD
Li Bai

Pure wine in golden cup costs ten thousand coins, good!
Choice dish in a jade plate is worth as much, nice food!
Pushing aside my cup and chopsticks, I can't eat;
Drawing my sword and looking round, I hear my heart beat.
I can't cross Yellow River: ice has stopped its flow;
I can't climb Mount Taihang; the sky is blind with snow.
I poise a fishing pole with ease on the green stream
Or set sail for the sun like the sage in a dream.
Hard is the way, Hard is the way. Don't go astray! Whither today?
A time will come to ride the wind and cleave the waves;
I'll set my cloud-like sail to cross the sea which raves.

　　　　林深見鹿——最美的唐詩英譯新詮

酒杯中的美酒一斗價十千，玉盤裡的珍稀菜餚一盤值萬錢。

但是，心緒煩悶，面對美酒佳餚也放下了杯筷，拔出寶劍環顧四周，心裡一片茫然、無奈。

想渡黃河時冰雪凍塞了河道，想登太行山時大雪封住了所有的山路，難道這是天意，是我的命運嗎？

想起當年姜太公磻溪垂釣時遇見重才的周文王並助周滅商，還有伊尹夢見自己乘船經過太陽旁邊後來受聘商湯助商滅夏。能懂我的抱負的明君賢王，什麼時候會出現呢？

人生的道路啊，多麼艱難，多麼艱難。那麼多錯誤的岔路，到底哪一條是對的呢？

相信乘風破浪的時機總會到來，到那時就可以高掛船帆橫渡滄海。

此詩主要抒發了詩人懷才不遇的情懷，但在悲憤中不乏豪邁氣概，在失意中仍懷有希望。

夜泊牛渚懷古　〔唐〕李白

牛渚西江夜，青天無片雲。

登舟望秋月，空憶謝將軍。

余亦能高詠，斯人不可聞。

明朝掛帆席，楓葉落紛紛。

MOORING AT NIGHT NEAR CATTLE HILL
Li Bai

I moor near Cattle Hill at night, when there's no cloud to
fleck the sky.

On deck I gaze at the moon bright, thinking of General Xie
with a sigh.

I too can chant, to what avail, none has like him a listening ear.

Tomorrow I shall hoist my sail, amid fallen leaves I'll leave
here.

秋夜，泊船在西江牛渚山邊。夜空如洗，清朗朗的不見一片雲。

登上船頭，看見月亮，陡然懷想起東晉的謝尚將軍，和他秋夜泛舟賞月時，慧眼識才發現詩人袁宏的故事。

我也能和袁宏一樣高聲吟詠，可惜那識賢的將軍已經聽不到了。

明早我就掛起船帆離開了，像從來沒有來過一樣。年年歲歲，那山上的楓葉都會等在秋風裡，靜靜的，一片片飄零。

此詩約作於李白青年時代名聲未振之時，描寫詩人望月懷古，抒發不遇知音之傷感。全詩結構層次分明，波瀾起伏，意象瑰麗。寫景清新雋永而不粉飾，抒情豪爽豁達而不忸怩作態，意境高遠，風格宏偉。

登新平樓　〔唐〕李白

去國登茲樓，懷歸傷暮秋。
天長落日遠，水淨寒波流。
秦雲起嶺樹，胡雁飛沙洲。
蒼蒼幾萬里，目極令人愁。

①茲（ㄗ）：此。

ASCENDING XINPING TOWER
Li Bai

Leaving the capital, I climb this tower.
Can I return home like late autumn flower?
The sky is vast, the setting sun is far;
The water clear, the waves much colder are.
Clouds rise above the western-mountain trees;
O'er river dunes fly south-going wild geese,
The boundless land outspread' neath gloomy skies.
How gloomy I feel while I stretch my eyes!

離開了國都長安，登上新平城樓。正是深秋時節，滿眼蕭瑟的景象更添了心中想回不能回的愁緒。

天空遼闊，顯得落日格外遠了。溪水清淨，更覺寒意襲人。

層層疊疊的雲從山嶺上的樹林那邊蔓延過來，大雁紛紛飛落到沙洲上。

蒼茫天地間，幾萬里河山，極目遠望，滿心惆悵。

描述了暮秋時節詩人登新平城樓遠望帝都長安所見的淒涼景象，暗喻了詩人極度思念帝都長安卻報國無門的憂傷之情。

登金陵鳳凰台　〔唐〕李白

鳳凰臺上鳳凰遊，鳳去臺空江自流。
吳宮花草埋幽徑，晉代衣冠成古丘。
三山半落青天外，二水中分白鷺洲。
總為浮雲能蔽日，長安不見使人愁。

①三山：山名。②二水：一說「一水」。指秦淮河流經南京後，西入長江，被橫截其間的白鷺洲分為二支。③浮雲蔽日：浮雲蒙蔽白日，比喻奸邪蒙蔽君主，忠良之士不得申其才。

The Phoenix Terrace at Jinling
Li Bai

On Phoenix Terrace once phoenixes came to sing;
The birds are gone but still roll on the river's waves.
The ruined palace's buried under weeds in spring;
The ancient sages in caps and gowns all lie in graves.
The three-peaked mountain is half lost in azure sky;
The two-forked stream by Egret Isle is kept apart.
As floating clouds can veil the bright sun from the eye,
Imperial Court now out of view saddens my heart.

鳳凰臺上曾有鳳凰來遊，如今鳳去臺空只有長江依舊不停地奔流。

曾經繁華的吳國宮殿早已荒蕪，野花野草已湮沒了花園裡的小徑，多少晉代的王孫貴族都已成了人們眼裡荒涼的墳墓和年代久遠的土丘。

三山在雲霧中忽隱忽現如遠在雲天外，白鷺洲把一條江裁成了兩支河流。

總是會有浮雲遮住了太陽，看不見長安，心裡多麼擔憂。

詩人登金陵鳳凰臺而創的懷古抒情之作，把天荒地老的歷史變遷與悠遠飄忽的傳說故事結合起來，用以表達深沉的歷史感喟與清醒的現實思索。氣韻高古，格調悠遠，體現了李白詩歌以氣奪人的藝術特色。

金陵城西樓月下吟　〔唐〕李白

金陵夜寂涼風發，獨上高樓望吳越。
白雲映水搖空城，白露垂珠滴秋月。
月下沉吟久不歸，古來相接眼中稀。
解道澄江淨如練，令人長憶謝玄暉。

①謝玄暉：即謝朓，其字玄暉。

ORALLY COMPOSED ON THE WESTERN
TOWER OF JINLING IN MOONLIGHT
Li Bai

The cool breeze blows on silent night in Town of Stone,
To view the south I mount the high tower alone.
White clouds and city walls mirrored on ripples swoon;
Dewdrops look like pearls dripping from the autumn moon.
Crooning long, I won't go back; drowned in moon rays;
How few are connoisseurs in my eyes since olden days!
Seeing the river crystal-clear and silver-white,
How I miss the unforgettable poet bright!

金陵的夜真安靜，涼風一陣陣地吹過來，吹得夜晚都空了，空得好像輕輕一提就可以把整個夜晚帶走。我獨自登上高樓，想要看看月下的吳越之地。

你看那白雲和城垣倒映在江面上，水波微漾著似乎晃動了整座城。你看這露珠迎著月光像珍珠般晶瑩，彷彿剛從月亮上滴落下來。

在月亮下面佇立，思念古人，久久不回，自古以來能和我心意相通的人能有幾個呢？

唯有能寫出「澄江淨如練」這樣詩句的謝玄輝，才能令人不時想起，長久相憶。

> 詩中主要寫的是作者夜登金陵城西樓的所見所感，蒼茫、悲涼、沉鬱。

謝公亭　〔唐〕李白

謝公離別處，風景每生愁。
客散青天月，山空碧水流。
池花春映日，窗竹夜鳴秋。
今古一相接，長歌懷舊遊。

PAVILION OF XIE TIAO
Li Bai

Where the two poets parted, the scene seems broken-
hearted.
The moon's left in the sky; the stream flows with deep sigh.
The pool reflects sunlight; bamboos shiver at night.
The present like the past; long, long will friendship last.

每次路過從前謝公送別朋友的地方，看著四周的景物總是不由得心生感觸。

主離客散，青天明月一路相送。山空林寂，唯有溪水徑自輕流。

池畔的花朵在晴好的春日自開自落，窗外的竹子在秋涼的夜晚讓風送來清響。

我與古人的心意如此息息相通，忍不住高歌一曲以紀念謝公的昔日舊遊。

謝公亭是為紀念謝朓所建，謝朓任宣城太守時，曾在這裡送別詩人范雲。

此詩作於天寶十二年（753年）李白遊宣城時，全詩表現了作者對人間友情的珍視，也表現了李白美好的精神追求和高超的志趣情懷。

望嶽 〔唐〕杜甫

岱宗夫如何，齊魯青未了。
造化鍾神秀，陰陽割昏曉。
蕩胸生層雲，決眥入歸鳥。
會當凌絕頂，一覽眾山小。

①岱宗：泰山的別名。②夫（ㄈㄨˊ）：無義。③陰陽：陰指山的北面，
陽指山的南面。④決眥：用力睜大眼睛遠望。眥（ㄗˋ）：眼眶。⑤會
當：定要。

GAZING ON MOUNT TAI
Du Fu

O peak of peaks, how high it stands! one boundless green
overspreads two States.
A marvel done by Nature's hands, over light and shade it
dominates.
Clouds rise therefrom and lave my breast; I stretch my eyes
to see birds fleet.
I will ascend the mountain's crest; it dwarfs all peaks under
my feet.

泰山的景象怎麼樣？在齊魯大地上，那青翠的山色綿延不絕，彷彿永遠沒有盡頭。

自然的造化在這裡聚集了所有的鍾靈毓秀，南山和北山如同早晨和晚上，明暗有別，風景截然不同。

看雲霧升騰，蕩滌了胸懷。望歸鳥入林，幾乎睜裂了眼睛。

一定要登上泰山峰頂，俯瞰群山，過過「人在山頂，眾山皆小」的癮。

唐玄宗開元二十四年（736年），二十四歲的詩人北遊齊、趙等地時所作。詩中熱情讚美了泰山高大巍峨的氣勢和神奇秀麗的景色，表達了詩人敢攀頂峰、俯視一切的雄心和氣概，以及卓然獨立、兼濟天下的豪情壯志。

蜀相　〔唐〕杜甫

丞相祠堂何處尋，錦官城外柏森森。
映階碧草自春色，隔葉黃鸝空好音。
三顧頻煩天下計，兩朝開濟老臣心。
出師未捷身先死，長使英雄淚滿襟。

TEMPLE OF THE PREMIER OF SHU
Du Fu

The Premier's Temple's in the shade, of cypress woven with
brocade.
The steps are green with grass in spring; in vain amid leaves
orioles sing.
Consulted thrice on state affair, he served two reigns beyond
compare.
He died before he won success. could heroes' tears not wet
their dress?

丞相的祠堂到哪裡去找？在錦官城外柏樹最茂盛的地方。

門庭寂寂，不知不覺漫上石階的綠草自成一片春色。隔著樹葉的黃鸝鳥，徒然展示著牠的婉轉好聲音。

全天下都知道劉備三顧茅廬後丞相為天下大計操碎了心，都知道他輔佐兩代君主忠心耿耿。

可惜出兵伐魏還沒取得最後的勝利他就病死了，常使後世英雄為他扼腕嘆息，為他淚滿衣襟。

唐肅宗上元元年（760年）春天，杜甫初至成都探訪諸葛武侯祠，寫下了這首感人肺腑的千古絕唱，抒發了詩人對諸葛亮才智品德的崇敬和功業未遂的感慨。

禹廟　〔唐〕杜甫

禹廟空山裡，秋風落日斜。

荒庭垂橘柚，古屋畫龍蛇。

雲氣生虛壁，江聲走白沙。

早知乘四載，疏鑿控三巴。

①禹廟：指建在忠州臨江縣（今四川省忠縣）臨江山崖上的大禹廟。
②橘柚：典出《尚書‧禹貢》，指大禹治洪水後，人民安居樂業，東
南島夷之民也將豐收的橘柚包好進貢。③四載：傳說中大禹治水時
用的四種交通工具，即水乘舟，陸乘車，泥乘輴，山乘檋。輴（ㄔㄨㄣ）：
形如船而短小，兩頭微翹，人可踏其上而行泥上。檋（ㄐㄩˊ）：登山
的用具。

TEMPLE OF EMPEROR YU
Du Fu

Your temple stands in empty hills, the autumn breeze with
sunset fills.

Oranges still hang in your courtyard; dragons on your old
walls breathe hard.

Over green cliff float clouds in flight; the river washes the
sand white.

On water as on land you'd go; to dredge the streams and
make them flow.

寂寞空山裡，大禹廟靜靜佇立，還有蕭瑟的秋風和斜照的落日餘暉。

荒涼的院內，高高的橘柚樹上果實纍纍，古屋的牆壁上畫滿了大禹治水驅趕龍蛇的典故。

縹緲的雲霧在空曠的峭壁上繚繞，奔騰的波濤似乎要捲走岸邊的白沙。

遙望三峽，心潮澎湃。早就知道大禹乘著「四載」到處鑿山疏通水道，終於控制了三巴地區肆虐的洪水。現在有幸親眼見證他的治水成就，更加佩服他澤被萬代的豐功偉績。

全詩語言凝練，意境深邃。詩人謳歌了大禹治水澤被萬代的豐功偉績，同時也抒發了愛國憂民的思想。寫作章法嚴謹，整體氣象宏麗，是詠史懷古的佳作。

江漢 〔唐〕杜甫

江漢思歸客，乾坤一腐儒。
片雲天共遠，永夜月同孤。
落日心猶壯，秋風病欲蘇。
古來存老馬，不必取長途。

①江漢：指長江和漢水之間。②腐儒：本指思想陳腐不知變通的讀
書人，此為作者的自稱，含有自嘲之意。③蘇：緩解。④存：留養。
⑤老馬：作者自比。

ON RIVER HAN
Du Fu

On River Han my home thoughts fly,
Bookworm with worldly ways in fright.
The cloud and I share the vast sky;
I'm lonely as the moon all night.
My heart won't sink with sinking sun;
West wind blows my illness away.
A jaded horse may not have done,
Though it cannot go a long way.

　　　　　林深見鹿——最美的唐詩英譯新詮

在江漢漂泊的思念故鄉卻回不去老家的人啊，在天地間只是一迂腐的老書生。

望著那遠浮天邊的片雲和暗夜孤懸的月亮，我似乎與雲共遠，與月同孤。

我雖然已年老多病，但雄心壯志猶在，病體也正在颯颯秋風中漸漸康復。

自古以來養著老馬，從來不是指望牠有體力跑長途，而是因為其智可用。

這首詩是杜甫五十七歲時所作。此時的杜甫歷經磨難，北歸已經無望，且生活日益困窘。該詩描寫了詩人漂泊在江漢一帶的所見所感，以及自己並未因處境困頓和年老多病而悲觀消沉，表現了「烈士暮年，壯心不已」的精神。

登幽州臺歌 〔唐〕陳子昂

前不見古人，後不見來者。
念天地之悠悠，獨愴然而涕下。

ON THE TOWER AT YOUZHOU
Chen Zi'ang

Where are the great men of the past
And where are those of future years?
The sky and earth forever last;
Here and now I alone shed tears.

獨上幽州臺。天高，地遠，人微渺。

往前看不見古代禮賢下士的聖君，向後望不到後世重視人才的明君。

想到那蒼茫天地悠悠無限，想到人生多麼短暫，而自己空有一身才華、一腔熱血卻壯志難酬，忍不住獨自傷心，潸然淚下。

詩短，卻深刻表現了詩人懷才不遇、寂寞無聊的情緒。言語蒼勁奔放，富有感染力，是歷來傳誦的名篇。

登鸛雀樓　〔唐〕王之渙

白日依山盡，黃河入海流。
欲窮千里目，更上一層樓。

①鸛雀樓：今山西省永濟縣西南城上的一座樓亭。傳說常有鸛雀在此停留，故稱為「鸛雀樓」。鸛（ㄍㄨㄢˋ）：一種鳥類。

ON THE STORK TOWER
Wang Zhihuan

The sun along the mountain bows;
The Yellow River seawards flows.
You will enjoy a grander sight;
By climbing to a greater height.

站在鸛雀樓上。

看夕陽貼著山巒緩緩落下，看黃河向著大海狂奔而去。

如果想把千里的風景都盡收眼底，還得再登上更高的一層樓。

　　此詩是唐代詩人王之渙僅存的六首絕句之一。寫這首詩的時候，王之渙年僅三十五歲。清代詩評家認為：「王詩短短二十字，前十字大意已盡，後十字有尺幅千里之勢。」這首詩是唐代五言詩的壓卷之作。王之渙因這首五言絕句而名垂千古，鸛雀樓也因此詩而名揚後世。

　　王之渙（688-742年），唐代詩人。字季凌，祖籍晉陽（今山西太原），其高祖遷至絳州（今山西絳縣）。重義氣，豪放不羈，常擊劍悲歌。其詩多被當時樂工作曲歌唱，以善於描寫邊塞風光著稱。用詞十分樸實，造境極為深遠。傳世之作僅六首詩。

涼州詞　〔唐〕王之渙

黃河遠上白雲間，一片孤城萬仞山。
羌笛何須怨楊柳，春風不度玉門關。

OUT OF THE GREAT WALL
Wang Zhihuan

The Yellow River rises to the white cloud;
The lonely town is lost amid the mountains proud.
Why should the Mongol flute complain no willow grow?
Beyond the Gate of Jade no vernal wind will blow.

遠遠望去，波濤洶湧的黃河像一匹迤邐的絲緞飛上了雲端，那裡有一片孤零零的城池矗立在荒寂的高山之中。

　　羌笛何苦吹起那支哀怨的〈折楊柳〉曲子，徒增戍邊者的離愁。春風從來不到玉門關來，哪來的楊柳可折？

　　這首詩寫出了戍邊者不得還鄉的離情別怨，但寫得悲壯蒼涼，沒有衰萎頹唐的情調，表現出詩人廣闊的胸襟。也許正因為〈涼州詞〉情調悲而不失其壯，所以成了「唐音」的典型代表。

酬樂天揚州初逢席上見贈　〔唐〕劉禹錫

巴山楚水淒涼地，二十三年棄置身。

懷舊空吟聞笛賦，到鄉翻似爛柯人。

沉舟側畔千帆過，病樹前頭萬木春。

今日聽君歌一曲，暫憑杯酒長精神。

①樂天：指白居易，字樂天。②爛柯人：指久離家而剛回故鄉的人。

REPLY TO BAI JUYI WHOM I MET FOR THE FIRST TIME AT A BANQUET IN YANGAHOU
Liu Yuxi

O Western Mountains and Southern Streams desolate,
Where I, an exile, lived for twenty years and three!
To mourn for my departed friends I come too late;
In native land I look but like human debris.
A thousand sails pass by the side of sunken ship;
Ten thousand flowers bloom ahead of injured tree.
Today l hear you chant the praises of friendship
I wish this cup of wine might well inspirit me.

在巴山楚水這樣淒涼的地方，度過了二十三年，淪落得幾乎要放棄自己的光陰。

懷念故友，悲從中來，徒然吟誦聞笛小賦。貶謫歸來，故鄉已是物是人非，恍若隔世。

沉船的邊上有千千萬萬條船經過，生病的樹前萬木競相爭春。新的草木，新的事物，新的境遇，總會絡繹不絕地來到眼前，每一天都是新的開始。

今天聽了你為我吟誦的詩篇，暫且先借這杯美酒一起重新振奮精神吧。

此詩作於唐敬宗寶曆二年（826年），劉禹錫罷和州刺史返回洛陽，同時白居易從蘇州返洛陽，兩人在揚州初逢時，白居易在宴席上作詩贈予劉禹錫，劉禹錫寫此詩作答，顯示自己對世事變遷、仕宦浮沉的豁達襟懷，以及認同新事物必將取代舊事物的樂觀精神。

再遊玄都觀　〔唐〕劉禹錫

百畝庭中半是苔，桃花淨盡菜花開。
種桃道士歸何處，前度劉郎今又來。

THE TAOIST TEMPLE REVISITED
Liu Yuxi

In half of the wide courtyard only mosses grow;
Peach blossoms all fallen, only rape-flowers blow.
Where is the Taoist planting peach trees in this place?
I come after I fell again into disgrace.

又見玄都觀。

空空蕩蕩的，偌大的百畝庭院裡，一半的地上長滿了青苔。盛放的桃花默默凋謝了，菜花開得正歡。

當年種桃樹的觀中道士不知道去了哪兒，從前在這裡看過桃花的劉郎，倒是今天又到來。

此詩是詩人借寫遊道觀訪當年的桃花盛景不遇，隱喻人事世事的變遷輪轉，向當年打擊自己的權貴挑戰，表現了詩人不屈不撓的堅強意志。

烏衣巷 〔唐〕劉禹錫

朱雀橋邊野草花，烏衣巷口夕陽斜。
舊時王謝堂前燕，飛入尋常百姓家。

THE STREET OF MANSIONS
Liu Yuxi

Beside the Bridge of Birds rank grasses overgrow;
Over the street of Mansion the setting sun hangs low.
Swallows which skimmed by painted eaves in days gone by,
Are dipping now in homes where humble people occupy.

春日，黃昏。

清冷的朱雀橋邊長滿了野草野花，荒蕪了車水馬龍的曾經喧譁。蕭瑟的烏衣巷口夕陽斜照，寂寥了車馬喧闐的舊日繁華。

舊時年年在王導、謝安兩家堂前銜泥築巢的燕子，如今早已飛進尋常的百姓家了。

怎不令人心生惆悵？

唐敬宗寶曆二年（826年），劉禹錫途經金陵（今南京）所寫。此詩憑弔昔日秦淮河上朱雀橋和南岸烏衣巷的繁華鼎盛，感慨滄海桑田、人生多變。

石頭城 〔唐〕劉禹錫

山圍故國周遭在，潮打空城寂寞回。
淮水東邊舊時月，夜深還過女牆來。

THE TOWN OF STONE
Liu Yuxi

The changeless hills round ancient capital still stand;
Waves beating on ruined walls, unheeded, roll away.
The moon which shone by riverside on flourished land
Still shines at dead of night over ruined town today.

群山依舊，寸步不離地圍繞著已經荒蕪的古都。潮水依舊，不斷拍打著空城又寂寞無奈地退回。江山依舊，而繁華歡娛轉眼成空，富貴風流都成過眼煙雲。

只有那舊時的月亮依然從秦淮河東邊升起，夜深時還翻過牆來，或許是等待，或許是懷念。

詩人把石頭城放到群山、江潮、淮水和月色中寫，更顯出古城的荒涼和寂寞。他在朝廷昏暗、權貴荒淫、宦官專權、藩鎮割據、危機四伏的中唐時期，寫下這首懷古之作，慨嘆六朝之興亡，顯然是有引古鑑今的現實意義。

金陵懷古 〔唐〕劉禹錫

潮滿冶城渚，日斜征虜亭。
蔡洲新草綠，幕府舊煙青。
興廢由人事，山川空地形。
後庭花一曲，幽怨不堪聽。

MEMORIES AT JINLING
Liu Yuxi

The tide overwhelms the forge's site,
The tower drowned in slanting sunlight.
The islet covered with grass green,
And hills are veiled by a smoke screen.
Man decides a state's rise and fall,
Hills and streams can do nothing at all.
O hear the captive ruler's song!
How can you bear his grief for long?

汹湧的潮水淹沒了冶城的沙洲，落日的餘暉斜照在征虜亭上。

　　蔡洲上的新草已綠成一片絨毯，幕府山上仍是舊日的霧靄青青。

　　國家的興亡取決於人事，山河也空有險峻的地形。

　　〈玉樹後庭花〉這支亡國曲，淒婉哀怨得令人不忍再聽。

　　此詩前半部分寫所見之景，點出與六朝有關的金陵名勝古蹟，以暗示千古興亡之所由，而不是為了追懷一朝、一帝、一事、一物；後半部分透過議論和感慨借古諷今，揭示出全詩主旨。全詩煉字極為精妙。

金縷衣　〔唐〕無名氏

勸君莫惜金縷衣，勸君惜取少年時。
花開堪折直須折，莫待無花空折枝。

THE GOLDEN DRESS
Anonymous

Love not your golden dress, I pray,
More than your youthful golden hours.
Gather sweet blossoms while you may,
And not the twig devoid of flowers!

不要太顧惜華美的金縷衣，一定要好好珍惜寶貴的少年時，莫負好時光。

如同枝頭開得正好的花一定要及時摘取，不要等到花落了才去折空枝，行樂須及時。

此詩是唐朝時期的一首七言樂府。這是一首富有哲理性、含義雋永的小詩，它提醒人們不要重視榮華富貴，而要愛惜少年時光。此詩可以說是勸喻人們要及時摘取愛情的果實，也可以說是啓示人們要及時建立功業，內涵極其豐富。

無名氏。如同風中的一縷香，歲月記住了它的香味，卻未及留下它的名字。

黃鶴樓　〔唐〕崔顥

昔人已乘黃鶴去，此地空餘黃鶴樓。
黃鶴一去不復返，白雲千載空悠悠。
晴川歷歷漢陽樹，芳草萋萋鸚鵡洲。
日暮鄉關何處是？煙波江上使人愁。

YELLOW CRANE TOWER
Cui Hao

The sage on yellow crane was gone amid clouds white.
To what avail is Yellow Crane Tower left here?
Once gone, the yellow crane will not on earth alight;
Only white clouds still float in vain from year to year.
By sunlit river trees can be counted one by one;
On Parrot Islet sweet green grass grows fast and thick.
Where is my native land beyond the setting sun?
The mist-veiled waves of River Han makes me homesick.

傳說中的仙人早已乘著黃鶴飛走了，只留下一座空空的黃鶴樓，立在年復一年的風花雪月裡。

　　那黃鶴離開後再也沒有回來，唯有白雲千年百年在這裡空等。

　　晴空下，隔江相望，漢陽城裡的樹木清晰可見，歷歷在目，還有鸚鵡洲上茂盛蔥鬱的草地。

　　暮色漸起，倦鳥歸巢，何處是我的家鄉呢？那江上的煙波浩淼使人更加憂愁。

　　　　此詩有「意中有象、虛實結合」的意境美，又有「氣象恢宏、色彩繽紛」的繪畫美。別樣的美學意蘊成就了此詩，使之成為千古傳頌的名篇佳作。

　　崔顥（約704-754年），唐代詩人，汴州（今河南開封市）人。他秉性耿直，才思敏捷，其作品激昂豪放，氣勢宏偉。其最為人稱道的是〈黃鶴樓〉，據說李白為之擱筆，曾有「眼前有景道不得，崔顥題詩在上頭」的讚嘆。《全唐詩》存其詩四十二首，著有《崔顥集》。

巫山曲　〔唐〕孟郊

巴江上峽重復重，陽臺碧峭十二峰。
荊王獵時逢暮雨，夜臥高丘夢神女。
輕紅流煙濕豔姿，行雲飛去明星稀。
目極魂斷望不見，猿啼三聲淚滴衣。

SONG OF THE MOUNTAIN GODDESS
Meng Jiao

Going upstream, I see mountain on mountain high;
The twelve green peaks with Sunny Terrace scrape the sky.
The king in hunting caught by sudden evening shower
Slept there and dreamed of the Goddess in Sunny Bower.
To her charm added the mist-veiled rainbow dress bright;
Away she flew with faded stars and clouds in flight.
However far I stretch my eyes, she can't be found;
Hearing the monkey's wail, in longing tears I'm drowned.

林深見鹿——最美的唐詩英譯新詮

沿著巴江上溯，三峽中數不盡的山重水複。經過陽臺山，看見了碧綠奇峭的巫山十二峰。

　　傳說中，荊王在巫山狩獵時遇上黃昏的大雨，夜晚留宿高山上時夢見了巫山神女。

　　雲霞山嵐和著微雨打濕了神女的美麗姿容，星稀破曉時分，神女化作朝雲飛走。

　　從此望眼欲穿再也望不見神女身影，聽著猿猴悲啼，不知不覺間淚水打濕了衣襟。

　　　　詩人將自己的所思所想和神女峰的傳說、峽中景色完美地融在了一起，傳神地表達出詩人在行舟峽中的特殊感受。

登樂遊原　〔唐〕李商隱

向晚意不適，驅車登古原。

夕陽無限好，只是近黃昏。

①樂遊原：位於長安城南邊，地勢較高，適合登高望遠。

ON THE PLAIN OF IMPERIAL TOMBS
Li Shangyin

At dusk my heart is filled with gloom;

I drive my cab to ancient tomb.

The setting sun seems so sublime,

But it is near its dying time.

傍晚，心情鬱悶，遂駕車去樂遊原，登高，看風景，散心。

　　夕陽多麼好啊，餘暉映照，晚霞滿天，景致如畫。可惜黃昏已近，一切美好都稍縱即逝。

　　描寫了詩人於秋日夜晚登臨樂遊原的所思所感。當時國家正值戰亂之際，詩人因奸人誣陷被貶，內心惆悵，來到樂遊原，看到眼前這曾經繁華的園林已經衰敗不堪，作此詩抒發胸中塊壘。

詠史　〔唐〕李商隱

北湖南埭水漫漫，一片降旗百尺竿。
三百年間同曉夢，鐘山何處有龍盤？

①北湖南埭：即金陵（今南京）玄武湖。晉元帝時修建北湖，宋文
帝元嘉年間改名玄武湖。南埭：即雞鳴埭，在玄武湖邊。埭（ㄉㄞˋ）：
防水的土壩。北湖南埭統指玄武湖。②三百年：指東吳、東晉、
宋、齊、梁、陳等六朝建國朝代的大約年數。③鐘山：金陵紫金山。
④龍盤：形容山勢如盤龍，雄峻綿亙。

On History
Li Shangyin

Water shimmers in Northern Lake and by Southern Tower,
All kings surrendered with white flags to a new power.
Three hundred years have passed like a dream one and all;
No Coiling Dragon could keep kingdoms from downfall.

338　　　　　　　　林深見鹿——最美的唐詩英譯新詮

看過彩舟輕掠，聽過笙歌不絕，如今的玄武湖只剩汪洋，一片降旗高懸在百尺高的旗竿上。

　　三百年間六個朝代更迭消逝，都如曉夢一場，如露亦如電，金陵鍾山哪裡有龍盤？

　　　　此詩融寫景、議論於一爐，描寫一幅飽經六朝興廢的湖山圖畫，表達了詩人無窮的感慨與諷刺意味。

渡漢江　〔唐〕宋之問

嶺外音書斷，經冬復歷春。
近鄉情更怯，不敢問來人。

CROSSING RIVER HAN
Song Zhiwen

I longed for news on the frontier
From day to day, from year to year.
Now nearing home, timid I grow,
I dare not ask what I would know.

遠在嶺南，車馬難抵，很久沒有親人的音信了。孤單寂寞中好不容易熬過了漫長的冬天，又經歷了悠長的春日。

終於踏上了歸途，可是離故鄉越近心裡越是緊張害怕。渡漢江時遇到從故鄉來的人，幾次話到嘴邊，終究還是沒敢上前打聽家人的消息。

此詩是詩人久離家鄉後返歸途中所寫，滿含對親人的摯愛之情和遊子歸鄉時激動、不安等複雜的心理。全詩言語淺近，自然至美。

宋之問（約656-712年），唐代詩人，一名少連，字延清，汾州（今山西汾陽）人，一說虢州弘農（今河南靈寶）人。高宗上元二年（675年）進士，官至考功員外郎。多歌功頌德之作，文辭華靡。律體形式完整，對律詩體制的定型頗有影響。原有集，已散佚。

汴河懷古　〔唐〕皮日休

盡道隋亡為此河，至今千里賴通波。
若無水殿龍舟事，共禹論功不較多。

THE GREAT CANAL
Pi Rixiu

The Great Canal was blamed for the Sui Empire's fall,
But on its waves the goods and food are brought to all.
Could the flood-fighting emperor do anything more,
Than the Sui dragon-boats of three stories or four?

都傳說隋朝的滅亡是因為開鑿這條河，可是至今千里通行還要依賴這條河。

如果沒有造水殿、龍舟並華服、彩飾徜徉運河首尾相連三百餘里的奢靡享樂之事，隋煬帝的功績大概和大禹也不相上下。可是，哪有如果可以重來呢？

此詩從隋亡於大運河這種論調說起，然後批駁了這種觀點，從歷史的角度對隋煬帝的是非功過進行了評價。

皮日休，唐代文學家，字逸少，後改襲美，襄陽人（今屬湖北）。早年居鹿門山，自號鹿門子、間氣布衣等。唐懿宗咸通八年（867年）進士，曾任太常博士。後參加黃巢起義軍，任翰林學士。詩文與陸龜蒙齊名，人稱「皮陸」，有《皮子文藪》。

泊秦淮　〔唐〕杜牧

煙籠寒水月籠沙，夜泊秦淮近酒家。
商女不知亡國恨，隔江猶唱後庭花。

①後庭花：詞牌名。原為南朝陳後主所作〈玉樹後庭花〉詞的簡稱，後為唐朝教坊曲名。因其詞輕蕩，歌聲哀怨，且為亡國之音，故後以喻亡國之音。

MOORED ON RIVER QINHUAI
Du Mu

Cold river with sand bars veiled in misty moonlight,
I moor on River Qinhuai near wineshops at night.
The songstress knowing not the grief of conquered land,
Still sings the song composed by a captive king's hand.

入夜，煙霧如紗籠罩著水面，月光如雪照亮了沙洲。挨著酒家，我把船停泊在了秦淮河上。

一陣風吹過來隱約的歌聲，賣唱的歌女不懂得亡國的悲傷和仇恨，竟然依舊在對岸唱著〈後庭花〉。

詩人夜泊秦淮河，眼見聲色歌舞，想到唐朝國勢日衰，當權者昏庸荒淫，感慨萬千，遂寫下此詩。

赤壁　〔唐〕杜牧

折戟沉沙鐵未銷，自將磨洗認前朝。
東風不與周郎便，銅雀春深鎖二喬。

①戟（ㄐㄧˇ）：武器名。戈和矛的合體，兼有勾、啄、撞、刺四種功能，
裝於木柄或竹柄上。②東風：指火燒赤壁之事。③周郎：指周瑜，
字公瑾，年輕時即有才名。④銅雀：指銅雀臺。東漢獻帝建安十五
年冬，曹操於今河北省臨漳縣西南建造的一座高臺。樓頂置大銅雀，
展翅若飛。⑤二喬：指東吳喬公的兩個女兒大喬和小喬，均有美色。
大喬嫁給前國主孫策，小喬則嫁給軍事統帥周瑜。

THE RED CLIFF
Du Mu

We dig out broken halberds buried in the sand
And wash and rub these relics of an ancient war.
Had the east wind refused General Zhou a helping hand,
His foe'd have locked his fair wife on Northern shore.

看到一根深埋在泥沙裡的折斷的戰戟，將它磨洗後發現是當年赤壁之戰的遺物。六百年的時光居然藏起了它的鋒芒，卻沒把它銷蝕掉。

如果當年東風不助力周瑜，如果上天不予周瑜借東風的便利，恐怕歷史會改寫，曹操也許會贏，而二喬大概會被鎖進銅雀臺。

誰能想到呢？人的命運和歷史的改變，居然是因為一陣風的經過。

這首詩是詩人經過著名的古戰場赤壁（今湖北省江夏區西南赤磯山），觀賞了古戰場的遺物，有感於三國時代的英雄成敗而寫下的。

滕王閣詩 〔唐〕王勃

滕王高閣臨江渚，佩玉鳴鸞罷歌舞。
畫棟朝飛南浦雲，珠簾暮捲西山雨。
閒雲潭影日悠悠，物換星移幾度秋。
閣中帝子今何在？檻外長江空自流。

①滕王閣：故址位於今江西省新建縣城西章江門上的一座閣樓，為
唐高祖子滕王李元嬰當洪州刺史時所建，落成之日，適被封為滕王，
因以名閣。②佩玉鳴鸞：身上佩戴的玉飾和響鈴。鸞（ㄉㄨㄢˊ）：鈴鐺。
③檻（ㄎㄢˇ）：欄杆。

PRINCE TENG'S PAVILION
Wang Bo

By riverside towers Prince Teng's Pavilion proud,
But gone are cabs with ringing bells and stirring strain.
At dawn its painted beams bar the south-flying cloud;
At dusk its uprolled screens reveal western hills' rain.
Leisurely clouds hang o'er still water all day long;
Stars move from spring to autumn in changeless sky.
Where is the prince who once enjoyed here wine and song?
Beyond the rails the silent river still rolls by.

高高的滕王閣，靜靜地矗立在贛江邊。

那些鸞鈴鳴響、環佩叮噹的人紛紛趕赴閣上歌舞宴會的盛況不再，如一場大雪倏然消逝在歲月深處，無聲無息。

早晨，畫棟邊輕輕掠過從南浦飛來的絢麗朝雲。傍晚，珠簾徐徐捲起西山飄過來的如煙暮雨。

悠閒的雲影天天在水面上悠悠蕩蕩，渾然不覺物換星移不知歲月已幾番重來。

那高閣中的滕王如今在哪裡呢？只有那欄杆外的浩浩長江兀自流淌著，日日夜夜從不停息。

　　此詩附在作者的名篇〈滕王閣序〉後，概括了序的內容。全詩在空間、時間雙重維度展開對滕王閣的吟詠，氣度高遠，境界宏大，與〈滕王閣序〉可謂雙璧同輝，相得益彰。

涼州詞　〔唐〕王翰

葡萄美酒夜光杯，欲飲琵琶馬上催。
醉臥沙場君莫笑，古來征戰幾人回？

STARTING FOR THE FRONT
Wang han

With wine of grapes the cups of jade would glow at night;
Drinking to pipa songs, we are summoned to fight.
Don't laugh if we lay drunken on the battleground!
How many warriors ever came back safe and sound.

甘醇的葡萄酒斟滿了精美絕倫的夜光杯，急促歡快的琵琶聲催促將士們舉杯痛飲。

　　即使醉臥沙場，也請諸君莫笑，從古到今，有幾人能從征戰中全身而回？天地男兒，既能一醉方休，也能視死如歸。

　　王翰寫有〈涼州詞〉兩首，慷慨悲壯，廣為流傳。這首〈涼州詞〉被譽為詠邊塞情景之名曲，明朝王世貞推為唐代七絕的壓卷之作。全詩寫艱苦荒涼的邊塞的一次盛宴，描摹了征人們開懷痛飲、盡情酣醉的場面，表現出濃厚的邊地色彩和軍營生活的風味。

　　王翰，唐朝詩人，字子羽，并州晉陽（今山西太原）人，睿宗景雲元年（710年）進士。性豪放，喜遊樂飲酒，恃才不羈。《全唐詩》留其詩一卷十三首，其中〈涼州詞〉的「葡萄美酒夜光杯」為世人廣為傳誦。

使至塞上　〔唐〕王維

單車欲問邊，屬國過居延。
征蓬出漢塞，歸雁入胡天。
大漠孤煙直，長河落日圓。
蕭關逢候騎，都護在燕然。

ON MISSION TO THE FRONTIER
Wang Wei

A single carriage goes to the frontier;
An envoy crosses northwest mountains high.
Like tumbleweed I leave the fortress drear;
As wild geese I come under Tartarian sky.
In boundless desert lonely smokes rise straight;
Over endless river the sun sinks round.
I meet a cavalier at the camp gate;
In northern fort the general will be found.

輕車簡從去慰問守衛邊疆的官兵，我要去的地方遠過了居延。

像隨風遠飛的蓬草飄出漢塞，像孤旅北飛的歸雁飛入了胡人的領地。

浩渺的沙漠中，一柱燧煙直上雲天，風吹不斜。無盡的黃河上，一輪落日渾圓，蒼茫生暖。

到了蕭關遇到偵察的騎兵，他們告訴我都護府的長官尚在燕然前線。

唐玄宗開元二十五年（737年）春，唐玄宗命王維以監察御史的身分奉使涼州，出塞宣慰，察訪軍情，並任河西節度使判官，實際上是將王維排擠出朝廷。這首詩作於出塞途中，抒發了作者漂泊天涯的悲壯情懷和孤寂之情，載於《全唐詩》卷一百二十六。

汴河曲　〔唐〕李益

汴水東流無限春，隋家宮闕已成塵。
行人莫上長堤望，風起楊花愁殺人。

SONG OF RIVER BIAN
Li Yi

The River Bian flows eastward, overwhelmed with spring;
To dust have gone ruined palaces and their king.
Don't gaze afar from the long bank of willow trees!
The willow down will grieve your heart when blows the
breeze.

汴河之水悠悠東流，堤岸上花紅葉綠無限春色。雖然春光依舊，曾經的隋朝宮殿卻已坍塌荒蕪，所有輝煌都成過往，如灰如塵。

來來去去的行人啊，千萬別上長堤上張望，起風時，那漫天起舞的楊花會愁煞人。

此詩描寫了汴河周邊的景色，詩人運用對比手法，以汴水春色與隋宮成塵對照映襯，使隋煬帝自取滅亡的歷史教訓更加深刻，思古憂今，寄寓深遠。

黃陵廟　〔唐〕李群玉

小姑洲北浦雲邊，二女啼妝自儼然。
野廟向江春寂寂，古碑無字草芊芊。
風回日暮吹芳芷，月落山深哭杜鵑。
猶似含顰望巡狩，九嶷如黛隔湘川。

①黃陵廟：故址位於今湖南省湘陰縣北洞庭湖畔。古時候當地人民
同情舜帝的兩個妃子娥皇和女英的不幸遭遇，為她們修了這座祠
廟。②芊芊：草木茂盛的樣子。③顰（ㄆㄧㄣˊ）：皺眉。④九嶷：即
九嶷山，位於湖南省寧遠縣南，相傳舜葬於此。嶷（ㄧˊ）：山名。

THE TEMPLE OF EMPEROR SHUN'S WIVES
Li Qunyu

North of the Maiden's Islet, by the riverside,
The two princesses shed tears in attire dignified.
The temple faces the river in lonely spring.
What could the wordless monument amid grass sing?
At sunset blows the breeze among the clovers white;
The cuckoos cry in hills from moon-down till deep night.
The princesses seem to gaze on Nine Peaks in dream.
Where was buried their emperor beyond the stream.

去看黃陵廟。

小姑洲的北面，雲水蒼茫處，黃陵廟裡的娥皇、女英二妃妝容如新，栩栩如生。

荒僻的廟宇面向著寂寥的江水和寂寞的春色，還有周圍被風雨剝蝕了字跡的碑碣和萋萋的荒草。

暮色中，晚風吹動了江上的香芷。深山裡，月落驚起了杜鵑的哀啼。

二妃依然痴痴地蹙眉盼望舜帝巡狩歸來。隔著湘水，九嶷山山色如黛，靜默無言。

此詩透過對黃陵廟的荒涼寂寥和廟中栩栩如生的二妃塑像的描述，表達了二妃音容宛在、精誠不滅，而歲月空流、人世淒清的悲涼情緒。

李群玉，唐代澧州人，極有詩才。《全唐詩·李群玉小傳》載，早年杜牧遊澧州時，勸他參加科舉考試，但他一上而止。宰相裴休視察湖南，鄭重邀請李群玉再作詩詞，他徒步負琴，遠至輦下，進京向皇帝奉獻自己的詩歌三百篇。唐宣宗遍覽其詩，稱讚「所進詩歌，異常高雅」，並賜以錦彩器物，授弘文館校書郎。

林深見鹿
最美的唐詩英譯新詮

英　　譯　許淵沖
賞　　析　陸蘇
文稿編輯　施雅棠
責任編輯　何維民
版　　權　吳玲緯
行　　銷　吳宇軒　陳欣岑　林欣平
業　　務　李再星　陳紫晴　陳美燕　葉晉源
副總編輯　何維民
編輯總監　劉麗真
總 經 理　陳逸瑛
發 行 人　涂玉雲

出　版

麥田出版
台北市中山區 104 民生東路二段 141 號 5 樓
電話：(02) 2-2500-7696　傳真：(02) 2500-1966
麥田部落格：blog.pixnet.net/ryefield
麥田出版 Facebook：www.facebook.com/RyeField.Cite/

本書中文繁體版透過
成都天鳶文化傳播有限公司代理，
由北京時代華語國際傳媒股份有限公司
授予城邦文化事業股份有限公司
麥田出版事業部獨家出版發行，
非經書面同意，
不得以任何形式複製轉載。

林深見鹿：最美的唐詩英譯新詮／
許淵沖英譯；陸蘇賞析
－初版．－臺北市：麥田出版：
英屬蓋曼群島商家庭傳媒股份有限公司
城邦分公司發行，2021.07
360 面；13×21 公分
中英對照
ISBN 978-986-344-992-8（平裝）
831.4　　　　　　　　　110007459

發　行

英屬蓋曼群島商家庭傳媒股份有限公司城邦分公司
地址：10483 台北市民生東路二段 141 號 11 樓
網址：http://www.cite.com.tw
客服專線：(02)2500-7718; 2500-7719
24 小時傳真專線：(02)2500-1990; 2500-1991
服務時間：週一至週五 09:30-12:00; 13:30-17:00
劃撥帳號：19863813　戶名：書虫股份有限公司
讀者服務信箱：service@readingclub.com.tw

香港發行所

城邦（香港）出版集團有限公司
地址：香港灣仔駱克道 193 號東超商業中心 1 樓
電話：+852-2508-6231　傳真：+852-2578-9337
電郵：hkcite@biznetvigator.com

馬新發行所

城邦（馬新）出版集團【Cite(M) Sdn. Bhd. (458372U)】
地址：41, Jalan Radin Anum, Bandar Baru Sri Petaling,
57000 Kuala Lumpur, Malaysia.
電話：+603-9057-8822　傳真：+603-9057-6622
電郵：cite@cite.com.my

印　　刷　前進彩藝
電腦排版　黃暐鵬
封面設計　莊謹銘
初版一刷　2021 年 7 月

定　　價　新台幣 399 元
Ｉ Ｓ Ｂ Ｎ　978-986-344-992-8
Printed in Taiwan
著作權所有・翻印必究
本書如有缺頁、破損、裝訂錯誤，
請寄回更換